心灵的诗影

熊文辉 著

中山大学出版社
·广州·

图书在版编目(CIP)数据

心灵的诗影／熊文辉著.—广州：中山大学出版社，2014.9
ISBN 978-7-306-05013-7

Ⅰ.心… Ⅱ.熊… Ⅲ.诗集—中国—当代 Ⅳ.I227

中国版本图书馆CIP数据核字(2014)第205180号

~~~~~~

出版人：徐　劲
策划编辑：钟永源
题　　字：卢有光
摄　　影：熊文辉
责任编辑：钟永源
装帧设计：朝　闻
责任校对：杨文泉
责任技编：黄少伟
出版发行：中山大学出版社
电　　话：编辑部 020-84111996，84113349，84111997，84110779
　　　　　发行部 020-84111998，84111981，84111160
地　　址：广州市新港西路 135 号
邮　　编：510275　　传真：020-84036565
网　　址：http://www.zsup.com.cn　　E-mail：zdcbs@mail.sysu.edu.cn
印刷者：广州家联印刷有限公司
规　　格：635mm×960mm　1/16　　8.75 印张　　180千字
版次印次：2014年9月第1版　　2014年9月第1次印刷
印　　数：1-2000 册　　　　定　　价：30.00元

~~~~~~

如发现本书印装质量影响阅读，请与出版社发行部联系调换

心灵的诗影

生活如诗

（代序）

生活中能与诗相伴，让自己的心灵活在诗的意境里，那该是一种多美好的人生境界啊！在春日的花园里，邀上三五知己，围坐在丁香树下，乘着和煦的微风，读着普希金、雪莱、泰戈尔那些浪漫而又飘逸的诗句，你仿佛感到每一寸空间都弥漫着沁人的芳香，顿觉神清气爽，就像获得了一种生长的能量。在冬天的炉火旁，你独自从书架上取下一本叶芝的诗集，当翻开那首经典的名诗——《当你老了》，情不自禁地轻轻吟诵起那些深情的诗句，你会被诗人那不老的情怀感动得热泪盈眶，并由此勾起了对自己青春岁月的回忆。在秋风乍起的季节，你又要远行了，此时如果在行囊中带上一本《人生必读的一百首诗》，那如歌般的旅途就能染上诗性的光辉，你在客寓的窗前、在路畔的溪水边、在村头歇脚的大榕树下，都可以享受到诗意的温暖。

诗作为文学的最高形式，一直都在与我们同行，她承载着人类灵魂深处的欢乐与哀愁，折射出人类精神的理想与追求，体现了人类美丽和高尚的情操。诗言志，“面壁十年图破壁，难酬蹈海亦英雄”，“老骥伏枥，志在千里；烈士暮年，壮心不已”。多少人用诗表达人生志向，激励自己积极进取，奋发向上。诗言情，那“桃花潭水深千尺”的友情，那“一片冰心在玉壶”的亲情，还有那“金风玉露一相逢，胜却人间无数”的爱情，都在诗中表现得淋漓尽致。诗言趣，“银烛秋光冷画屏，轻罗小扇扑流萤。天阶月色凉如水，卧看牵牛织女星。”秋夜孩童欢快地追逐流萤，累了，又躺卧在石阶上看月亮、数星星，这有趣的情景在诗中展现得惟妙惟肖。在人类发展的文明史中，诗早就与人们的生活融为一体，生活创造了诗，诗又丰富了生活。生活如诗，诗又成为了人类生活中的精神伴侣。

我爱诗，多年来，读诗、诵诗和写诗，已然成为了我的一种生活方式。在家中的书柜里，经典的诗集一直都放在最显眼的位置，以便随时拿来翻读。在报刊上我也常常关注诗的发展动态，每每看到刊有诗歌，总爱拿来品味一番。在网上我还据自己记得的诗句，搜回一批曾读过的好诗，饶有兴味地温故知新。泰戈尔《飞鸟集》中那些闪烁着智慧的哲理诗，惠特曼《草叶集》中那些饱蘸激情的抒情诗，何其芳的“生活是多么广阔”，郭小川的“乡村大道”，郭沫若的“天上市街”，艾青的“我爱这土地”等都是我常诵读的诗篇。有一种读诗的状态最为令我陶

醉，那是在和风轻拂的晚上，结束了一天繁忙的工作，我会打开音响，播放一段抒情音乐，在舒缓的旋律中，翻开那些经典的诗歌，选几首，诵读一会。让那优美的诗句，随着乐韵，像血液一样流进我的肌体，渗入我的心灵，此时灵魂就像进行一次清新的洗涤。

近年，大概是由于读诗多了，生活也给了我更深刻的感悟。于是便有了更多写诗的冲动。我从身边的珠江写起，一直写到远村的风景、远山的云霓。我写渔港的宁静，写街灯的温暖，写天边的奇妙，写高棉的微笑，写红陵的怀想，写珠江的守望……我边写边发表，边写边和朋友一起诵读交流，有的还拿到晚会上去朗诵。数年下来，从中选出一批在著名报刊发表过的诗作，竟也可汇编成集。这批诗我在创作上着意秉承中国古典诗词重视意境、讲究章法的优良传统，吸收西方诗歌自由奔放的形式和情感精华，描摹当代人高尚的心灵印记，提升人类崇高的灵魂品格，故书名为《心灵的诗影》。

诗集追求积极的主题、优美的形象、精练的语言和隽永的诗意。全书分为“心灵渔港”、“大地华采”、“远山云霓”、“长河浪花”、“生活素描”、“思想清流”六个部分，分别表现理想主义的情怀和宁静淡泊的心境；寄寓积极向上、光明澄澈的人生价值取向；记录人生旅途上的思绪与感悟；颂扬历史长河中的英雄浩气与感人故事；描摹人间的温暖与真情；抒写对美好人生的向往与哲理思考。为了体现诗与生活的密切关系，我还特意在每首诗的后面附上一篇“创作片羽”，向读者讲述在写这首诗时的创作背景、花絮以及在艺术上的思考，以便让大家能更好地了解作者的心境，感受到心灵的诗影。这样做倒不是为了让人们去借鉴一些写诗的方法，而是希望和大家共同分享一种如诗般美好的生活方式。

对诗的社会功能人们可以有各种不同的理解，但我始终认为真正的好诗应该成为人类高尚精神的引领，我的创作正是要朝着这个方向努力。祈望能藉此书的出版，重燃读者对诗的热情，从而激起对高尚精神生活的向往。

熊文辉

2014年6月写于广州

目 录

篇一　心灵渔港

渔 港

晴明的朗夜，
如银的月色铺满了渔港。
此时的码头不再喧闹，
渔人也不再劳碌奔忙。

一条条带着倦意的渔船，
正靠着岸边安然入睡。
那白天生龙活虎的渔人，
已进入了温柔的梦乡。

此刻，仿佛连清风也有了暖意，
流水似乎也懂事地变得不声不响。
月夜下的渔港是多么温静，
这是天地间给渔人营造的天堂。

面对着这令人向往的渔港，
我想人生本身就是一次次的远航。
我们也多么需要有一个宁静的港湾，
好让那飘荡的心灵有个栖息的地方……

2010年10月5日夜写于南沙十九涌渔港。

《渔港》创作片羽：

渔港原来给我的印象应该是繁闹的，你想渔船满载而归时，那大筐大筐的海鱼从这里卸船上岸，装箩、搬运、交易，然后渔民还要在这里补水、加油、织网，那肯定会构成一片繁忙的景象。直至在一个秋天的晚上，我来到了位于珠江出海口的十九涌，走进了真正的渔港，我才发现渔港原来也是一个宁静而温馨的地方。

这天晚上，月色如水，澄莹皎洁，我和几位朋友漫步于河堤之上，对开的水面靠满了一条条归航的渔船，那船上闪烁着点点柔和而温暖的灯火，渔人结束了一天的辛劳，有的在收拾渔具，有的坐在船上休憩，有的已进入了温柔的梦乡。河水在船边缓缓地流动，晚风在空中轻轻地吹拂，渔人在港湾安然入睡，这里的一切都显得那样的宁静与安详。哦，我想对于那久经风浪颠簸的渔人，温馨的渔港便是他们享受的天堂。由此我联想到人生，联想到我们劳作、创业、奋斗，每天都在劳碌奔忙，这不正如渔人的一趟趟出海、一次次的远航，我们同样也需要有一个宁静的港湾，好让那飘荡的心灵有个栖息的地方……

诗眼出来后，我回到宿舍连夜写出了这首诗，并以短信方式，通过手机发给我几位一同月夜游渔港的朋友，得到大家的好评与鼓励，有人认为此诗意境优美，语言流畅适宜诵读，建议拿到晚会上去朗诵。后来我的几位朋友，在姚锡娟老师的指导下排练了这首诗，当这个节目在市的一个迎春晚会上演出时，随着配乐响起，优美的诗句就像那如银似的月色在剧场中流淌，再现出渔港人间天堂般美好的情景，表达了人们对温暖宁静的心灵渴求。此时，坐在观众席上的我也被自己的作品感动了。

归航

渔港清朗的早晨，
迎来了渔船的归航。
港湾划出一条条流畅的水线，
空中飘荡着马达的哒哒声响。

哦，这一艘艘的渔船，
曾驶过多少激流险滩，
又搏击过多少狂风恶浪。
穿过那长长的暗夜，
才赢得了这次畅快的归航。

当朝阳映照着银光闪烁的船舱，
渔人沧桑的脸上终于露出了笑意。
是啊，眼前这承载着丰收的归航，
不正是他们启程时的梦想！

2010年10月16日写于珠江岸边。

《归航》创作片羽：

近年来，我在珠江岸边工作，有机会看到珠江出海口繁忙的渔港，目睹渔人辛勤的劳作，领略了港湾的风情，感受到渔港的丰富。《渔港》一诗在《广州日报》发表后，我又写了这篇《归航》。

这首诗我是想表现人们对梦想成真后的成功和喜悦。

诗的开头，写渔港的一个清朗的早晨，满载着收获的渔船归航了。“港湾划出一条条流畅的水线，空中飘荡着马达的哒哒声响。”这是作者亲身体验过的情景，用的是简单的白描，力图让人感到真切。诗的第二段写的是作者的联想，那满载而归的渔船，一定经历过艰难的搏击，也许它曾驶过一片片急流险滩，也许它曾搏击过一阵阵狂风恶浪，历经艰险，才赢得这次愉快的归航。这是渔人生活的真实写照，也是我们对人生的感悟。诗的第三段正是要表达的主题：“眼前这承载着丰收的归航，不正是他们启程时的梦想？”

许多人都在写梦，写未来才可能实现的理想，当然，这也是美好的。然而，我的这首诗却通过写渔人满载丰收喜悦的归航，表现了人类理想的实现。这种感觉，不是比梦想更美好、更令人陶醉吗？

启航

渔船静静地躺卧在港湾，
并不是贪恋港湾的安逸。
渔人天生就向往着大海，
停泊只为酝酿一次新的启航。

当渔汛伴着涛声传来，
无论是月明星稀的晚上，
或是在天气微凉的清晨，
渔船总是义无反顾地奔向海洋。

那片片乘风远去的帆影，
让人感到一种奋进的力量。
透过那一望无际的大海，
我仿佛看到了丰收的希望……

2010年10月30日写于珠江岸边。

《启航》创作片羽：

写过《渔港》等几篇关于海风海韵题材的诗后，我便想再写一首《启航》。因为我想启航是一次航行的开始，是一段美好历程的发端，启航充满着对前程的期待与希望。

为了写好这首自命题目的诗。我来到了广州最南端的一个渔港，找到渔业局的老罗。向他打听渔船的作业和渔民的生活情况。从他那里我听到了不少关于出海的动人故事。最后我问他，渔船出海在什么时候启航，是清晨，或是在晚上？老罗告诉我渔船的启航主要看潮水的起落，当渔汛传来，不管是白天或是黑夜，渔船都会启航。老罗的回答，既反映了渔民工作的艰辛，同时又表现了他们为了夺取渔业丰收，不辞劳苦、不畏风浪的奋斗精神。艺术来源于生活，老罗的话稍加润饰，不就是美妙的诗句吗？于是我便把它提炼成为如下的诗行："当渔汛伴着涛声传来，无论是月明星稀的晚上，或是在天气微凉的清晨，渔船总是义无反顾地奔向海洋。"

生活是艺术创作的源泉，生活创造了诗歌，诗歌又丰富了生活。当然这中间需要作者的体验、感悟、提炼与锻造。

期待

秋夜沙滩上燃起了难眠的篝火，
海边响起了潮水般欢快的乐曲。
游人正在星光下载歌载舞，
夜空飘弥着令人沉醉的歌声。

然而来自他方的鸟儿啊，
却静候在远处的礁石上。
她们只一心一意地期待着，
期待着去倾听大海的涛声。

鸟儿懂得岸上沸腾的音响，
再美妙也只是别人的歌唱。
唯有发自大海深处的旋律，
才是属于自己的天籁之音！

2010年10月23日凌晨写于寓所灯下。

《期待》创作片羽：

我写诗通常有两种情况，一是先描写生活中的某个情景，然后再透过这个情景去展示意境，把作者的思想自然而然地流露出来；另一种则是先在生活中形成了某个观念，再通过营造诗境，向别人传递这种思想。我写《期待》的方法显然属于后者。

生活中，我常想，自己不奢求富贵，更不幻想不劳而获。我只需要能够支撑自己生命的东西。我只需要勤奋地工作、惬意地读书、平和地生活。就像那海边的鸟儿，只期待着在大海上自由地翱翔。有了这个想法后，我便着手去写这首《期待》。

诗的第一节先描绘了一个热烈、欢快的滨海篝火晚会，营造了一种充满诱惑而又易令人沉醉的气氛。然后在第二节中写鸟儿不为浮华所动的冷静与坚定，尽管海边载歌载舞，热闹非常，但她始终清醒地知道自己真正的理想与期待。第三节则通过鸟儿的形象道出了主题："鸟儿懂得岸上沸腾的音响，再美妙也只是别人的歌唱。唯有那发自大海深处的旋律，才是属于自己的天籁之音！"

此诗刊于2011年11月2日《羊城晚报》，这也算是作者思考人生留下的一点印迹。

帆

在一个辽远的海岸，
我曾看到过一片彩色的帆。
她有如一朵飘动的云霓，
轻盈地驶向霞光万道的天边。
那骄傲而又令人迷恋的风采，
深深地印在我的脑海里面。

此后，每当心中有浮云掠过，
我就会想起那片帆影。
她如同一团烈焰，
点燃起我生命的激情。
呵，这是牵引着我灵魂的理想之帆，
瑰宝似地航行在我的心海。
有了她，
我的前行就有了无尽的动力！

2010年8月28日午后写于珠江岸边。

《帆》创作片羽：

《帆》是俄国著名的诗人莱蒙托夫写过的题目，在莱蒙托夫的诗中，以帆的形象表现了诗人不甘沉寂，勇敢地迎接挑战，强烈地祈求风暴的大无畏的战斗精神。“在那大海上淡蓝色的云雾里，有一片孤帆在闪耀着白光！它不是在寻求什么幸福，也不是逃避而奔向他方！它是在不安地祈求风暴，仿佛在风暴中才有安详！”如今这些充满激情的诗句仍常常打动着我开始有点苍凉的心。

那是一个周日的午后，我在家中再一次翻读了莱蒙托夫的这首《帆》，那灼热的诗句，又一次燃起了我心中的激情。我想莱蒙托夫所处的时代过去了，我们在海面上再也无法看到昔日激荡的风云，而科技的高速发展，又使大多数的船只已用机械化动力代替了帆。然而，人们心中的帆——追求美好事物的理想和信念却不应该为此而消失，人类的前进仍需有一种精神动力。为了表达我所思索的这种理念，我试图写了这首《帆》。

诗歌的前半部分写了帆的形象和风采：“她有如一朵飘动的云霓，轻盈地驶向霞光万道的天边。”这帆实际上也是理想与信念的化身。后半部分写的是作者的心境：正是这片理想之帆，“点燃起我生命的激情……有了她，我的前行就有了无尽的动力。”

此诗承蒙《作品》杂志的肯定，在2011年3月号上刊出。诗友小陈看过此诗后，也以《帆》为题，写了一首同样饱蘸着热情的诗。同一片风帆，在不同作者的笔下，折射出异彩纷呈的诗影。

到海边去

朋友，不必为生活而烦恼，
背上你的行囊到海边去！

到海边去看渔人晨捕，
分享那拉网时鱼跃水面的喜悦；

到海边去看粼粼的波光，
守望那悠然而归的点点白帆；

到海边去看黄昏时漫天飞舞的红霞，
欣赏那渔家姑娘摇橹归航时的轻吟浅唱；

到海边去在皎洁的月色下散步，
品味那椰子树情意绵绵的长影；

到海边去听潮水的呼吸，
感受那海洋的博大与深沉；

到海边去体验生活的乐趣，
到海边去领悟大自然的馈赠……

2010年6月19日晨写于粤西沿海。

《到海边去》创作片羽：

在生活中，我有过多次到海边的体验：在阳西，我背着照相机，大清早就赶到海边看渔人晨捕，拍摄过渔民收网时鱼跃水面的镜头；在汕尾，我曾站在海边的礁石上眺望过粼粼波光之上悠然而归的点点白帆；在鼓浪屿，我曾欣赏过黄昏天边那漫天的红霞；在海南岛，我曾在海边踏着月色一边散步，一边品味过椰子树那情意绵绵的长影……海边的印象，早已在我的脑海里幻化成一个个美丽的诗境。

终于有一天，我有机会出差到广东西部沿海的一个小城。临出发前查了一下地图，发现目的地濒临大海，那我这不是又能到海边去了吗？于是头脑中便闪出了“到海边去”的题目，心中充满着对此行的遐想与向往。

其实到达小城后，我并无机会到海边。一是因为工作的安排已把一天挤得满满的，再则小城离海边还有一段距离。当天晚上，我坐在旅馆的书桌前，在柔和的灯光下，对着铺展开的稿纸浮想联翩。眼前仿佛出现了大海边那一幅幅优美的画面和一个个迷人的意象。于是我拿起了笔，异常兴奋地写下了这首《到海边去》。

诗的起句是作者对朋友真诚的呼唤：“朋友，不必为生活而烦恼，背上你的行囊到海边去！”接着是一连串让人赏心悦目的情景：到海边去看渔人晨捕；到海边去看粼粼的波光；到海边去看黄昏时漫天飞舞的红霞；到海边去在皎洁的月色下散步；到海边去听潮水的呼吸……这里接连用了五个排比句，让诗歌展示的意境表达得更浓重、更强烈。

作者一直很喜欢何其芳的诗，尤其喜欢何其芳崇尚自然、乐观向上的诗风和诗中清新明丽的格调。何其芳当年写的《生活是多么广阔》、《我为少男少女们歌唱》等名作，至今我仍不时拿来诵读。在《到海边去》的创作中，应该说也投下了何其芳诗风的影子，诚然时代不同了，当昔日的阳光投射到今天的花园时，或许会折射出更丰富的色彩和光斑。

《到海边去》写成后，我忽然想起了《南方日报》的文艺副刊《海风》，我想把稿子投到那里再合适不过了。果然该报于2010年8月1日刊出了这首诗。

不眠的河

不眠的河，
是一艘流光溢彩的船，
是船上划出的梦幻般的光影。

不眠的河，
是奔腾不息的流水，
是流水呼吸一样自然的清音。

不眠的河，
是水面上轻轻吹拂的晚风，
是晚风窃窃私语般甜蜜的声响。

不眠的河，
如同一个永不言倦的丽人，
夜夜唱着向往大海的歌！

2010年10月19日夜写于珠江西岸。

《不眠的河》创作片羽：

我在珠江岸边的开发区工作已十年了，每天都看着江水从我们身边流过。一叶叶风帆从天边向我们飘来，一艘艘航船又从眼前驶向远方。这条属于我们的河流是那样的亲切、那样的让人喜爱。她充满着生生不息的活力，又承载着人们美好的梦想。

一天晚上，微风吹拂，我在河堤上散步，边走边欣赏珠江的夜色。但见那一条条停靠在岸边的渔船，尽管经过一天的辛劳，渔人仍不肯马上入睡，而在昏暗的灯光下为明天的起航做准备。不远处的海港更是光如白昼，那些远道而来的货轮正在连夜卸货，那些市场急需的货品也正在加紧装运。此时，我清晰地看到了珠江这条不眠的河那亮丽的光影，真切地感受到这条母亲河浑厚的呼吸。哦，美丽多彩、平和乐观、奔腾不息正是这条河的可爱之处。

夜深了，我回到值班宿舍，心中依然想着这条美丽的河、这条令人感奋的河。于是便在桌面随手拿了个信封，在封面上写下了对这条河的感受。

河口，那盏夜航灯

看惯了珠江两岸闪亮的灯火，
我独爱河口的那盏夜航灯。

那灯光虽然微弱，
却映照着方圆三十里的航程。

那灯塔虽然孤独，
却连结着千万条过往的航船。

看到她，出海人就得到了指引，
看到她，归航人就知道快要回到家。

她教会了我什么叫坚守，
屹立在礁石上一站就是百年。

她教会了我什么叫专注，
数十年如一日白天熄火晚上点灯。

她教会我什么叫无私，
甘愿终身点燃自己照亮别人。

她让我懂得了人生真正的意义，
平凡中默默地甘为连结祖国的一节有用的链条……

哦，河口的那盏夜航灯，
她将永远照耀着我生命的航程！

2011年5月22日午后写于珠江岸边。

《河口，那盏夜航灯》创作片羽：

这是一首从生活中炼造出来的诗篇。

在珠江口的舢舨洲，屹立着一座古老的灯塔，它建于1915年，至今已近百年，虽然历经风雨，仍在使用。舢舨洲地处进出珠江的咽喉要道，每天过往的船只就有4000多艘，入夜后都要靠这灯塔导航。而今许多灯塔都已改成自动照明，但由于舢舨洲地形的特殊，因此仍要人工守护。黄灿明夫妇就是这里的守灯人，在一个炎炎的夏日，我乘船登上了舢舨洲，去看望了他们。

黄灿明中等个子，面容黝黑，有几分憨厚，一接触便让人感到他的忠厚。从20世纪90年代，黄灿明就到舢舨洲守灯，十多年来每天24小时都工作生活在这个孤岛上，活动范围不过三亩地，每天的工作就是白天养护灯塔，晚上点亮灯火。尽管工作单调，黄灿明却依然乐于每天擦试灯罩、清洗电池接头、测试电压，并把灯塔的里里外外摆弄得干干净净。黄灿明的工作十分细微，由于灯塔顶楼的主灯比较娇贵，见不得强光，为了避免灯器透镜聚光把灯泡烧毁，他每天都会根据阳光的位移为顶楼的窗户拉上窗帘，替灯器遮光。黄灿明每天清晨最喜欢做的事就是和他妻子一起在岛上升起那面鲜红的五星红旗。正是这面旗帜，让这对身处孤岛的夫妇感到他们的工作连结着祖国，连结着他人，让他们感到生命的意义。

黄灿明守灯是有其光荣的家族传统的，原来他爷爷和父亲都是守灯员，在珠江口的水面上守了一辈子灯，现在他的儿子高中毕业了，也当上了守灯员，一种勤恳踏实、无私坚守的精神在这几代人身上血脉相传。黄灿明一家的事迹的确令我感动，离开了舢舨洲，我的心灵仿佛又受到了一次洗涤。从这位朴实的中年汉子身上我感悟到什么叫坚守、什么叫奉献，我感到生命的真正意义在于：无论你从事何种工作，都应该让自己成为连结着祖国的一节有用的链条。

入夜了，珠江口又亮起了那盏夜航灯，那光亮是多么的灿烂耀眼。哦，此时我忽然想到那比灯更明亮的应该是守灯人那颗澄明的心灵。灵感忽至，我便写下了《河口，那盏夜航灯》。这首诗在《南方日报》刊出后，热心的音乐老师林敏为其谱上了曲子，在中国大众音乐协会举办的“美丽中国大型音乐展演”活动中还获得了作曲金奖呢。

篇二　大地华采

街 灯

当夜幕悄悄地降临，
你就在长街上露出浅浅的微笑。
像那闪耀的星，
在静夜中延续着白日的光明。

你没有都市霓虹的亮丽，
却让人看得清脚下的路；
你没有殿堂华灯的高贵，
却让人感到融融的暖意。

你如同那夜昙花般亲切，
淡淡地散出生活的幽香。
你仿如一位贤良的妇人，
给人以柔润细腻的温情。

啊，街灯：
多想留住你送来的缠绵长影，
多想贴近你和美甜蜜的脸庞，
多想用你玉质般的光芒温暖我的心。

在这曙色微明的早晨，
让我向你道一声谢谢：
是你，让我穿过那段昏暗的窄巷，
照亮了归家的路……

2013年9月8日早晨写于羊城陋巷。

《街灯》创作片羽：

街灯是再普通不过的物象，每当夜幕降临时，它就在大街小巷闪耀着宝石般的光芒，既照亮了行人的路，更温暖着我们的心。

我一直居住在南方那座最大城市的小巷，小时候就感到街灯的美好。那时的街坊邻里关系十分融洽，夏日的晚上，大人喜欢围在门前下象棋，小孩总爱在巷里游戏，此时街灯照亮了我们欢乐的脸庞。长大了，我们从小巷走向了更广阔的空间，见识过更多都市的霓虹，如东京银座五光十色的灯火，迪拜城内那穿透全城夜空的抛物线形射灯，巴黎塞纳河畔那飘忽而浪漫的灯影。然而我最爱的还是小巷深处的街灯，也许是因为我早已习惯了街灯所营造的那种氤氲与温暖的气氛，也许我从心底里一直认同街灯的质朴与单纯，也许我已把街灯看成是我生活中不可或缺的伴侣……

终于有一天我出差从外地回到了广州，回到了我居住的那条熟悉的旧巷，在夜幕中迎接我的还是那盏挂在墙壁上的街灯。啊，那灯光是多么的明净，让人们看清了脚下的路；那灯光又是那么的柔和熨帖，让人感到亲切和温暖。在游子归来的这一刻，街灯诱发了我无限的遐想：哦，尽管外面的世界已变得异彩纷呈，然而我们原本拥有的质朴与单纯才是最为值得珍视的，在最易令人朦胧的暗夜，正是街灯照亮了我回家的路。

想着想着，这一晚我彻夜难眠，翌日清晨起来我便在电脑上写了这首《街灯》。当时自我感觉良好，即发送到《南方日报》，五天后该报副刊登载了此诗。也许这首诗写出了人们内心积淀已久的一种感觉，也许它还能让人生发出更多对生活的联想，因此也得到不少读者的好评。

邀请

扯片白云作为请柬，
向你发出诚挚的邀请。
我托白云告诉你，
这里是一个可以写诗的地方。

当天刚破晓的时候，
白雾已在绿原上铺成一片玉笺。
从林中飞出的一串小鸟，
就是那天然的第一句诗行。
哦，此时你可饱蘸着明净的湖水，
再染上彩霞，
就定能写出最美丽的诗篇。

啊，朋友，我邀请你到这里，
是想告诉你：
繁华背后，需有一片安宁的净土，
喧闹逝去，人的心灵应回归自然。

到这里，我将请你乘船游览红树林，
在绿树丛中细数那栖息的小鸟。
到这里，我将请你到河边垂钓，
看那蜻蜓飞舞，静观那水面的涟漪。
到这里，我将请你泡一杯香茶在岸边闲坐，
守候着从天边悠然归来的点点白帆。
到这里，我将请你到临江的饭店进餐，
边欣赏黄昏的落霞，边品尝美味的海鲜……

哦，朋友，或许你已能够感到这里的美好：
每一片空间都有诗的元素，
每一段流水都有诗的韵律，
每一缕光线都能触发起诗的灵感。

啊，朋友，还是赶快到南沙来吧，
这里确实是一个可以写诗的地方！

2011年11月25日午后写于珠江岸边。

《邀请》创作片羽：

从市机关到南沙工作已整整十年了，我深爱着这片美丽而多情的土地，爱这片土地上如诗似画的风景和纯如璞玉的民风。我常为这里的一草一木发出由衷的赞叹，更为其日新月异的建设成就而感到自豪，诚然也为自己能参与这里的建设而感到荣幸。我时常想把自己的这种感觉，传递出去与朋友们分享。

去年秋冬季节，正是候鸟南飞的时候，湿地的红树林内，百鸟齐聚，蔚为大观，此时我决意邀请了几位在报刊工作的作家朋友到南沙采风。为了让他们先对南沙有点印象，我写下了这首诗，权当请柬向他们发出邀请。诗以“扯片白云作为请柬”为开头，告诉所邀请的朋友“这里是一个可以写诗的地方”，然后绘声绘色地向客人介绍南沙的优美风光：红树、水鸟，蜻蜓、涟漪，落霞、白帆……这里每一片空间都有诗的元素，每一段流水都有诗的韵律，每一缕光线都能触发起诗的灵感。我想没有什么比这里可以写诗，更能吸引一个真正的作家。果然，几位作家朋友欣然应约，在这如诗似画的天地里，他们又创作出新的诗篇。

诗贵情真，这首诗的创作并没有使用特别的技巧，也没有华丽的辞藻，只是饱蘸着一腔热爱南沙这片土地的深情，去描绘这里的山水风物；又以对朋友的真挚感情，用诗向他们发出邀请。我想，情真意切的诗才能引起人们的共鸣，也许正是这首诗能给人留下印象的真正原因。后来在粤港澳嘉年华活动中的一场题为“滨海音诗”的诗歌音乐晚会上，省话剧团的演员朗诵了这首诗。经过艺术的演绎，诗中的意境幻化为一幅幅如情似梦的图景，更让人感到南沙的美好。

龙舟

世人只看见你到中流击水的雄姿，
有谁知晓你曾承受过难耐的寂寞。

在那长长的日子中，
你一头扎进泥水里。

看不见天空飘动的云彩，
闻不到岸边的鸟语花香。

你不能像航船那样扬帆出海，
也无法像游艇一样享受悠闲。

你只能静默地躺在河床，
耐心地等待，再等待……

等待着日出日没，
等待着潮落潮涨。

终有一天，喜庆的锣鼓响起，
你闻讯即如蛟龙跃出水面。
你用长年积聚的能量，
化成奋勇争先的形象。

啊，龙舟啊，龙舟，
你像告诉我：
精彩的背后常有经年的沉寂，
成功的一瞬要有长久的等待……

2011年端午写于蕉门河畔。

《龙舟》创作片羽：

赛龙舟是我国南方水网地带的一项民间习俗，每逢赛事，那场面可谓紧张而热闹。那一条条参赛的龙舟，在壮汉们的划动下，有如离弦利箭，出水蛟龙，在水面上奋勇竞渡，力争上游。这赛龙夺锦的场景，曾触发起多少诗人的灵感！因此，以龙舟为题材的诗，在诗海中着实不少。其中多半写的是赛龙舟时热烈的场面和龙舟在水上奋力竞渡的情景，如“云旗猎猎翻青汉，雷鼓嘈嘈殷碧流”、“棹影斡波飞万剑，鼓声劈浪鸣千雷”。显然在龙舟竞渡的热闹场面中，人们更多看到的是龙舟威风凛凛、光彩照人的形象，可有谁又会想到在这光亮的背后，龙舟曾承受过多么漫长的寂寞与等待啊。原来龙舟节过后，为了让木船变得更结实和光滑，并防止船木的风化，村民们就会把整条龙舟埋到河涌的泥水里，直到来年端午时节，人们才又把龙舟挖出来，俗称为“起龙舟”。可见龙舟在竞渡时展现出的辉煌，也是要经过长年的沉默与准备的。

2011年端午时节，我所在工作的区域组织了颇具规模的龙舟赛。在看台上，我和大家一起欣赏龙舟竞渡的情景，一起感受那力争上游的气氛，一起为夺得锦牌的龙舟而欢呼。而在诗歌中我却没有仅仅渲染这表面的场景，而着重去追溯形成这种辉煌场景的另一发端：“精彩的背后常有经年的沉寂，成功的一瞬要有长久的等待……”我是想通过龙舟鲜为人知的另一面，让人们联想到一些做人的道理，让诗带上深刻的哲理意味。

脚手架礼赞

你本是一条条毕直的钢管，
靠着团结变成了一个巨大的支架。

不管要建的楼宇有多宏大，
你总是率先攀上最高峰。

任凭风吹雨打寒来暑往，
你总是坚守着自己的岗位。

你是生活的强者，
无论承受多大的压力总是默默承担。

你是社会的中坚，
万丈高楼平地起是因为有你甘为人梯的担当。

你从不评功摆好，功成便身退，
当大厦落成，彩旗飘处从未见过你的身影。

我欣赏大厦的巍峨壮丽，
我更敬佩脚手架的高风。
我要为脚手架放声歌唱，
在歌唱中弘扬劳动者的崇高。

2011年5月1日国际劳动节写于广州寓所。

《脚手架礼赞》创作片羽：

五一国际劳动节在家闲读，翻看吴冠中的《画眼》。吴老写的一行文字引起了我的震动："巨物矗立起来了。脚手架于是被拆除，被忘却"。为了引起人们对这些撑起过高楼大厦的无名英雄的关注，吴老创作了一幅《建楼曲》。画面用脚手架组成纵横交错的线条，描绘出一幅辉煌的图景，令人赏心悦目。从吴老的画，我不由得联想到在我们新区建设中的许许多多劳动者，他们以其智慧和汗水，搭建起一座座高楼。然而大楼建成之日，就是他们消失之时。当大楼竣工剪彩，这些功臣们又已奔赴到新的工地……他们的高贵品格如同脚手架一样，多值得敬佩、多值得颂扬啊。于是我拿起了笔，一气呵成写下了这首《脚手架礼赞》。

诗歌以比喻的方法，把脚手架比作劳动者，以脚手架的坚守、承压，甘为人梯，借喻劳动者的勇攀高峰，敢于担当，默默耕耘和功成身退的高贵品质。表现手法是简单的，但礼赞劳动者的心是真诚的。真诚而浅白的诗往往更容易打动读者。诗写成后我即以手机短信方式发给了几位朋友。其中好友建中兄最先回复："为劳动者而歌。好诗！"是的，这是一首赞美劳动者的诗。当今，我们所处的是一个建设一日千里的时代，我们的诗歌在表现内心、表现自我的同时，是不是也应该用我们的笔墨去歌唱那些为我们的生活创造着幸福的劳动者呢？

凤凰树

你虽然有着高贵的名字，
却活得平凡而低调，
平日总和大家一起长在树丛里。

只有到了多情的五月，
你才用全身的热力开成满树红花，
在绿色的火把上燃起漫天红霞。

而到了不再属于你的季节，
你悄悄地把风采留给别人，
让红叶在秋天飞舞，让梅花在冬日绽放。

当华贵的主角由别人出演，
你又再度换上绿色的淡妆，
平静地成为美丽的陪衬……

2011年6月3日写于广州南沙凤凰大道。

《凤凰树》创作片羽：

凤凰树是一种极其可爱的树。每年的初夏，她的树冠上开满了花朵，红彤彤的一片，极其热烈而旺盛！城市里的凤凰树常常是成排地种植在路边，到了开花的季节，马路的两旁便泛起了一片红色的波涛。过去我喜爱凤凰树，是因为她的热情与浓烈，能让人联想起那燃烧着的青春，能让人产生一种积极乐观的情绪，能给人一种积极向上的力量！随着年岁的增长，思想经过发酵与沉淀，对凤凰树我又多了几分思考。我想这是一种完美而成熟的树，她正像一个谦谦君子。她有俊俏的容貌，有健朗的品格，有丰富的才情，但她却低调地生长在平凡的环境里，活得灿烂而又恪守着规则。我想我们要在这个世界上生活得美好，确实需遵守秩序和规则。既发展自己，又不影响别人。该燃烧时就燃烧，该沉默时就沉默。既能胸有成竹地担任主角，又能心甘情愿地充当美丽的陪衬。我写《凤凰树》，实际上是写一种谦和本分的人生态度。

沙 雕

在那碧波环绕的沙滩，
艺术家们堆起了一座座沙雕。
那造型就像黄昏天边的浮云，
千姿百态而又瑰丽雄奇。

“赶快给沙雕拍个照吧！”
游人珍惜这昙花般脆弱的艺术。
似乎只有照相机才能延长她的生命，
因为一场风雨袭来沙雕就会损毁。

其实，沙雕从来就不曾追求过永恒，
她只想存活一天就展现一天的美丽！

2011年7月3日晨写于南沙湾。

《沙雕》创作片羽：

我曾在滨海沙滩参观过一个沙雕艺术展，艺术家们在这里推起了一座座沙雕，塑有羊城新八景、天后宫、妈祖像等，千姿百态而又瑰丽雄奇。主办单位还请来了一批靓丽的模特，为沙雕艺术助庆，引来了众多的游人拍照留影。

碧波环绕的沙滩上，游人欣赏沙雕的场面，诱发了我的联想：生活中有人追求永恒，有人崇尚脚踏实地。追求永恒的，未必真能不朽；而脚踏实地者往往更能够为社会带来实实在在的奉献。就像眼前这沙雕，其创作者或许从来也没有想过让她永恒。因为一场风雨袭来，他们就会遭到损毁，但即使如此，她只要存在一天，就要展现一天的美丽。这也同样体现了一种人生的价值，也同样是一种值得肯定的积极的人生观……想着想着，诗眼出来了。于是我便提笔写下了这首短诗。此诗写作虽然仅用了十来分钟，但作者对人生的认识则是经过长期的思索。

风

你时而急速地敲打着我的窗棂，
时而又轻轻地吹开我的心扉。
你让我感到你无处不在的足迹，
却从不让我看到你飘忽的身影。

不过，你我终究是亲密的朋友，
我熟知你生命的足音与呼吸的气息。
看到那飘动的柳絮，仰望着飞扬的红旗，
我就知道，你来了！

2011年6月6日写于初夏的晨风中。

《风》创作片羽：

空气的流动便形成了风，她每天都伴随着我们在一起，但又最容易被我们所忽视。只有在那些精彩的诗文里，风才会被描画得绘声绘色，有灵有性。如那让“千树万树梨花开”的春风，令“满架蔷薇一院香”的夏风，教“无边落木萧萧下”的秋风，还有吹得“千里黄云白日曛”的北风。春风常被写得柔润而富有生机，让人感到生命的力量；夏风常被写得温馨而充满热情，让人感到生活的美好；秋风则常被写得凌厉而勇于决断，让人联想到世事的无常；而北风更常被写成是一种与正义的对抗，风暴中烘托起一群坚强的形象。

我写风的意图并不明显，那天周末的早晨，我起床后冲好一杯红茶，翻阅着一本新出的诗刊，忽然看到一首题为《风》的诗，写得并不怎样，却勾起了我对“风”这位每天都要接触的朋友的浮想，于是乘着透过晴窗轻轻飘来的晨风，我写下了这首短诗。该诗在《南方日报》刊出后，有人看了说这诗写得像一个谜语的谜面，其意思要让人去猜。我想自己要的正是这种猜谜式的含蓄效果，而它与谜语不同的是，其谜底不只是一个答案，不同的读者可据自己不同的阅历去补充猜想，或许一百个人会有一百种不尽相同的理解。其实任何诗中所写的物象，都只是作者运用的形象素材而已，诗要真正承载的不只是所描绘的表面物体，而是诗人心灵深处的情感，而她通常又只是一种意象，就像这首诗中的《风》。也许她不能表达一个明确的意向，也不会告诉你一个清晰的道理，但她却能诱发你的想象，引起你精神的愉悦。也许这就是诗，这就是真正的好诗。

萤

你曾飞过月夜的河边，
给我捎来美丽的梦境。
你又从我的视野中飘走，
在岁月里藏起曼妙的踪影。
你曾是我儿时最温暖的记忆，
你曾是静夜中最耀眼的光明！
哦，如今的大地，
已铺满了银河般灿烂的灯火。
到哪里，到哪里去寻觅你——
像精灵一样飘飞的流萤？

2012年11月23日夜于寓所偶成。

《萤》创作片羽：

和朋友聊天，有时也会谈到一些逝去的风物，比如萤火虫。记得年少时每逢暑假回乡，夏夜到村头的大榕树下纳凉，就会见到四周的草地上，有萤火虫在飘飞。那时电灯尚未普及，原野上漆黑漆黑的，这更显得萤火虫的光亮，在空寂的旷野里，这萤火就是最引人注目的精灵了。我们看着萤火虫从河边飞来，也曾试图用扇子轻轻将其扑倒，然后放到玻璃瓶子里，以聚集其光亮，效法古人借萤囊夜读。诚然更多的时候，我们是看着萤火从身边飘忽着飞过，慢慢地消弥在辽阔的旷野，心中感到莫名的惆怅。

随着现代化建设的来临，乡村里也到处闪耀着灿烂的灯火，今天的城乡一体化，使我们再难以在夏夜里看到萤火虫那可爱的踪影了。正当我为萤火虫的无处寻觅而感到无奈时，忽然在网上发现台湾的桃园竟然有个萤火虫馆，据说那里养着各种各样的萤火虫。不过我想，即使我们到那里找到萤火虫，也找不回当年在田野里扑萤火的那种自然感觉了。由此我想，其实对逝去的事物，即使找不回来也不要紧，因为大凡有价值的东西，都已装进了我们的心里，而心中的珍藏，是永远也不会丢失的。像这萤火虫，当我们在晴明的朗夜，看到满天繁星，思绪被那星光引燃，那飘忽的流萤，仿佛又会飞回你的记忆里……面对萤火的话题，浮想联翩，总觉得这是一个非常富有诗意的意象，于是我便写下这首题为《萤》的小诗，以作对逝去美好事物的怀恋。

旷 野

空中飘荡着悠闲的白云，
微风抚平了秋日的庄稼。
溪水流淌着大地的血脉，
啊，辽阔的旷野多么美好。

没有山岭起伏的阻隔，
没有树林浓密的伪装。
没有高楼大厦的张扬，
没有横街窄巷的躲藏。

蓝天下的旷野宽阔明亮，
任凭百鸟齐鸣振翅翱翔。
啊，旷野，你仿如一个大度的君子，
襟怀如此开阔，心境如此坦荡！

2012年10月3日有感于万倾沙旷野。

《旷野》创作片羽：

旷野多么开阔，从脚下放眼开去，连片的庄稼一直延伸到江边，延伸到那水天融合的天地之交。每当我走进广州南部这片与出海口相接的旷野，我总会被她的宽广、坦荡所激动，被她明亮秀美的景色所吸引。身处大自然的旷野，你的心胸会变得特别宽阔，你的视野会变得豁然开朗，你的境界会升华得更加高尚。是啊，这旷野没有山岭起伏的阻隔，没有树林浓密的伪装。没有高楼大厦的张扬，没有横街窄巷的躲藏。旷野里有的只是博大的情怀，有的只是君子般的坦坦荡荡。我热爱旷野，我崇尚君子般的人格；我赞美旷野，我要为旷野写一首真诚的诗。

春日写意

不知是风带来了绿意，
还是绿意被风所催生?
哦，在这春回大地的季节，
是风带着温柔的热力，
叩响了村庄， 唤醒了原野，
于是农人的梦想，
变成发芽的种子、
生长的禾苗和吐艳的百花……
风，何止催发了万物，
她还引燃了农人的喜悦与温情!

2011年春日写于广州南部大沙田。

《春日写意》创作片羽：

在中国传统诗歌中，有一些佳作写得是非常随性的。比如刘禹锡的《秋词》："自古逢秋悲寂寥，我言秋日胜春朝。晴空一鹤排云上，便引诗情到碧霄。"又如贺知章的《咏柳》："碧玉妆成一树高，万条垂下绿丝绦。不知细叶谁裁出，二月春风似剪刀。"这些诗说不出要表达一个什么样明确的主题，它只是通过随意的描写，去表现一种由自然物象的变化给人类带来的愉悦心情。换句话来说，它是在抒写一种感觉。

我写的这首《春日写意》也试图吸收中国诗歌传统中的自然率真、毫不做作的抒情手法。写春风给大地带来的暖意和焕发的生机。更写春风催发万物，给人们带来新的喜悦、新的希望。因为用的是新诗体写作，所以诗显得更为随意与轻松。

篇三　远山云霓

在路上

在路上，
我仍不愿意到达终点，
不是我不知道终点的宫殿有多辉煌；
不是我不羡慕终点的港湾有多宁静；
不是我不懂得前进的道路有多崎岖；
不是我生来就甘愿承受这跋涉的艰难。

我是说这跋涉的路上风光无限：
一条道路连着另一条银链般的道路；
一段河流接着另一段珍珠似的河流；
一片原野连着另一片生机勃勃的原野；
一座城市通向另一座瑰丽迷人的城市……

在路上，
我在艰难中跋涉，
在跋涉中寻找我的梦想；
在路上，
我在轻松中行走，
在行走中创造我的快乐！

2006年4月18日写于从三藩市飞往芝加哥的万里晴空。

《在路上》创作片羽：

2006年春日的一天，我在美国三藩市开展经贸交流活动，接触了一批有意回国投资创业的留学博士，也拜会了一批客商。接着我又乘机飞往芝加哥去参加当地贸易促进会为我们组织的一个投资项目推介会。由于此行的工作开展得非常顺利，心情比较兴奋。在三藩市飞往芝加哥的飞机上，同伴们都在打瞌睡养神了，我仍在翻阅一本随身携带的散文集，我的目光忽然停驻在一篇文章的题目：《在路上》，这是多少人写过的题目。在同一个题目上，人们对旅途上的风景作过丰富的描绘，对人生的旅途也发出过万千的感叹。同样，这题目也触发了我对人生的感慨。联想起近年为了工作常常出差，奔波在旅途上，尽管很累，但是想到沿途的风光，想到心中的梦想，想到祖国的建设事业，总觉得人生的付出又是多么的值得。于是我顺手在飞机座椅背袋上拿了一张印着食谱的餐纸，写下了这首短短的诗。

诗写成后我随手夹在了散文集中，到达芝加哥，我们一行5人在一家河畔餐厅中进晚餐，同行者从我的书中翻出了这首诗并朗诵起来，大家听了都觉得意境丰富，很有诗的韵味，由此引起了我的珍视。一段时间后，我的散文集《如歌的旅途》出版，我便将此诗作为序言放在扉页。此后，在多次的文艺晚会上，演员们朗诵过这首《在路上》，其中著名话剧演员柏崇新的朗诵最为精彩。承载着中年人对人生感慨的诗句，通过柏崇新浑厚的男声，显得更激越深沉。著名音乐人杨湘粤先生热心为此诗朗诵配上了抒情的音乐，让诗歌插上了飞翔的翅膀……

天 边

身居高楼林立的城市，
心总向往着遥远的天边。
来到辽阔的大戈壁，
天边仿佛就在面前。

我们开着车子追赶，
追过那片树林，追过那段云彩。
那波谲云诡的天边，
总是走在我们的前面。

哦，天边啊天边，
你的力量是多么神妙。
你总是引领着我们向前，
而又让我们把一个个终点变成新的起点……

2011年6月8日写于乌鲁木齐飞往喀什途中。

《天边》创作片羽：

天边给人一种遥远而神秘的感觉，长居城市，阅读过有关远山的文字，听过草原上悠扬的牧歌，真想有一日能背上行囊，到祖国辽阔的西部走走，看看那天边奇幻的云，体验一下那种走向辽远的感觉。为此，我去过西藏，也到过新疆。在那里我感到了真正的天高地阔，乘着汽车旅行，前方总有看不完的风景，脚下总有走不完的路。你总想追逐着天边那波谲云诡的风景前进，好不容易到达，才发现地平线上的天边又移到了你的前面。哦，或许这正是天边的神妙之处，她总是引领着我们向前，又不让我们到达终点，或许她是想让我们把一个个终点，变成一个个新的起点。

那年夏天，我再次踏上祖国大西北的那片神奇的土地，在从乌鲁木齐飞往喀什的飞机上，我拿了张纸条，写下了对天边的感受。

胡杨

跋涉者喜爱的是你树下浓密的绿荫，
行摄者欣赏的是你满身灿烂的金黄。
而我作为一个诗人，
却要用我的歌去礼赞你的精神形象。

你的躯体健硕而伟岸，
生而千年不死，
死而千年不倒，
倒而千年不朽。

试想地球上有哪种生命能如此顽强？
又有哪种生灵能给人如此震撼的力量！
我想即使三千年过去，沙漠又还原为一片空旷，
人类的记忆里仍会生长着这片胡杨……

2011年6月16日午后写于寓所窗前。

《胡杨》创作片羽：

闲暇时，我会在家中一边播放音乐，一边在悠扬的乐韵伴奏下，翻读画报中的一个个美丽的图景，多年来，这已成了自己的一种生活方式。夏日的一天午后，我打开了音响，选放了一张广东音乐唱碟，在雨打芭蕉、喜开镰、赛龙夺锦等轻快、跃动的旋律中，我阅读着一本摄影画报。当我看到一组胡杨照片时，心灵忽然感到了一阵震撼。但见那画面，一棵棵高大的胡杨连片地生长，在秋日阳光的照射下，构成了一片金黄色的烈焰，让人感到生命的旺盛。面对着如此洋溢着生命活力的画面，有谁能想到这是出现在干旱沙漠的风景。此时我联想到关于胡杨的传说：生而千年不死，死而千年不倒，倒而千年不朽。我想地球上还有哪种生命如此顽强？又有哪种生灵能给人如此震撼的力量！于是我提起笔来，在轻快的乐韵中写下了这首诗。这是我对胡杨精神的歌颂，是一个诗人对不朽生命的礼赞！

贝多芬小径

这本是一条普普通通的小道，
只因您曾在这里走过，
便成了一行悠扬的曲谱。
那树上鸣叫的小鸟，
便化作美妙的音符；
那林间飘飞的雨点，
便是那清丽的乐韵。

其实，当您在这里散步时，
双耳已经失聪。
您再也听不到万物的声响，
甚至也听不到自己的作品。
在这个寂静的世界里，
您只用心去感应纯净的自然。
您时刻咬紧牙关与命运搏斗，
您在悲惨的酷刑中，
创造出美好的田园交响曲。
命运不给您欢乐，
您却给世人带来了欢乐。

这条普普通通的小道，
是您扼住命运的咽喉。
那路上的每一块石头，
有您踏出的生命节拍。
那溪边的每一片流水，
流淌着您谱出的旋律。
两百年过去了，
在行人的心底里，
仍可时时听到您亲切的回声。

2011年8月16日晨写于维也纳森林小镇格林琴。

《贝多芬小径》创作片羽：

在人类与自身的命运作斗争中，最能体现其不屈不挠抗争精神的，莫过于伟大的音乐家贝多芬了，他不仅用音符，更是用自己的生命，去谱写出令世人震撼的命运交响曲。记得很久以前读罗曼·罗兰写的《贝多芬传》，就被他的故事感动得热泪盈眶。贝多芬是一个音乐天才，对他来说耳朵比眼睛更重要，他要用耳朵去感受世界，也要用耳朵来检验和享受自己的创作，然而天意弄人，当他26岁那年，听觉就开始模糊了，更为糟糕的是一段时间耳朵里还日夜嗡嗡作响。面对着命运的打击，贝多芬想到过死，他曾给他的兄弟留下过两封遗书，然而贝多芬就是贝多芬，他终究没有被命运所压倒，他觉得他的音乐使命还没有完成，他不能就此而屈服，他要与命运搏战，要扼住命运的咽喉。

为了让身体与心灵得到休养，贝多芬听从医生的嘱咐，住进了维也维森林的格林琴小镇。在这个宁静的环境里，他常常在林中的一条小径上散步，他的双耳失聪了，就用心去感应自然，于是在他音乐的世界里，照例有小鸟的鸣唱，同样有风过树林的声响。这条小径使贝多芬得到了灵感，他创作了著名了《田园交响乐》。今天当我们欣赏到这乐曲中优美悠扬的旋律、品味着那洋溢着积极乐观情绪的乐章时，有谁会想到这竟是出自一个聋人之手！紧紧地扼住命运的咽喉，命运不给我快乐，但我却要为世人带来欢乐，这就是贝多芬的精神境界，这就是贝多芬为人类留下的高尚人格。多少年过去了，贝多芬的这种人格精神仍在人类的心灵中回荡。

如今，贝多芬当年散步的小径被命名为“贝多芬小径”，在一个夏日的黄昏，我在维也纳森林找到了那条著名的小径。那天，天色已开始向晚，林子里飘飞着零星的雨点，令人更觉诗意弥漫。那小径窄窄长长，让人联想起那连串的曲谱，那林间鸣叫的小鸟也正像那最美妙的音符。在这里我想象着贝多芬散步时的身影，体味着他创作时的心境。忽然，我似有所悟。眼前我们走着的岂止是一条小径，它分明是伟大的贝多芬紧紧扼住的命运咽喉，那路上的每一块石头，有他踏出的生命节拍；那溪边的每一片流水，都流淌着他谱出的旋律！当晚在格林琴的旅馆，在一片静谧的境界中，我重读了一遍《贝多芬传》，再次被贝多芬的人格精神所感动。翌日清晨，旅舍的窗台透进了维也纳的阳光，晶莹透亮。在朝阳的燃点下，我以近乎燃烧的激情写下了这首怀念贝多芬的小诗，并以此作为一个旅人，两百年后在维也纳森林对贝多芬的音乐与精神的一段深切的回响……

高棉的微笑

在那片茂密的热带雨林，
寂寂地矗立着一群石像。
岁月的磨难已令其头崩额裂，
而她们依然露出雍容的微笑。

微笑着迎接袭来的风雨，
微笑着淌过燃烧的战火。
微笑着避开霹雳的雷电，
微笑着应对深重的苦难。

微笑，不是你要强作欢颜，
而是你懂得：
只有微笑才能炼就内心的强大，
只有微笑才能酿造未来的希望，
只有微笑才能点燃明日天边的万道霞光……

2011年7月2日午后写于绿窗斋。

《高棉的微笑》创作片羽：

建中兄从柬埔寨的吴哥窟归来，画了一组素描画，其中一张画的是“高棉的微笑”，画面上的高棉人雕像，虽然历经风雨的侵蚀，已变得皱纹满面斑斑驳驳，甚至头崩额裂，然而那石像的脸容却始终面带着微笑。据建中兄介绍，这种石像还不止一个，在吴哥城里的巴戎寺中，有49座巨大的四面佛雕像，均为典型的高棉人面容，其轮廓各异，然而个个面带微笑，这就是蜚声世界的“高棉的微笑”。

高棉石雕总带笑容，这是否意味着这个民族的欢乐与无忧呢？事实正是相反。高棉是一个历经磨难的民族，在这片生长着热带雨林的土地上，吴哥王朝确曾兴盛一时，创造过举世瞩目的吴哥文明，后遭暹罗王朝入侵王室被迫迁都金边。此后柬埔寨国势衰败，备受外族的侵略，1863年后沦为法国的保护国，1942年又遭日军占领，战后于1953年脱离法国独立。而后历经柬埔寨王国时期、高棉共和国时期、红色高棉时期、金边政权暨三派联合政府时期、全国最高委员会四派领袖时期、驻柬机构时期和联合政府时期。外来的侵略、群雄的纷争，使这片土地长期浸泡在战火浴血之中，人民历尽劫难饱受战争与动乱的痛苦。然而在沉重的灾难压迫之下，高棉人仍然在心中保留着自己的精神高地，他们没有就此放弃对生活的信心，而是把对生活的希冀和自信化作一种从容的人生态度。他们照样生产、生活和工作，照样在这片土地上耕耘和创造，照样努力变革社会医治战争的创伤，照样在风雨中坚持自己对美好生活的向往……到过柬埔寨的人都有一种共同的感觉，那里的人民纯朴而热情，尽管世界让这个民族承受了太多的苦难，而他们回报世人的却是真挚的热情，因而也有人在柬埔寨的街头上专门拍摄了一组老百姓的笑容，成为了现代版的“高棉的微笑”。

高棉的微笑是高棉民族内在精神的体现。这种精神如莲花般的清纯，像钻石那样高贵！

云霞之想

天色向晚的时候，
空中飘飞着朵朵彤云。
彤云像双双飞翔的羽翼，
羽翼片片都载着落日的光芒。

当太阳的笑靥隐没于群岚，
那神采飞扬的云霓竟变得如此惨淡。
哦，万朵红霞需要阳光来点染，
美丽的容颜又怎能失却照人的思想！

2011年11月11日写于从蕉岭返穗的归途上。

《云霞之想》创作片羽：

诗中写的是我在一次归途上的所见所感。

那天我从粤北山区乘车返回广州，行至梅州地段，天色已开始向晚了。此时西天上，晚霞绚烂，一朵朵彤云，像一双双飞翔的羽翼，把空中描绘成一幅壮丽的图画。啊，云霞该有多美！我不禁发出了由衷的感叹。然而，随着太阳西沉，日照隐没，天幕上变得暗淡无光，那原来神采飞扬的云霞也失却了美丽的风采。由此我忽然想到美其实是需要支撑的，美丽的风景需要阳光来点染，同样美丽的形象更需要思想的哺育。由此联想到有的人外型虽然俊丽，却并不动人；有的人貌不惊人，却具有人格的魅力。可见思想素养的重要，正像阳光之于云霞，只有拥有思想光亮的人才会有照人的光彩。

星空

传说每个人在天空，
都有一颗属于自己的星星。
每颗星星，
也许还有一个和你一样的姓名。
只要你虔诚地寻觅，
就能在茫茫的天际里，
找到她的踪影。
——那是你心灵明亮的栖所，
她将如钻石般辉耀，
映照着你的前程……

2009年10月25日写于阿联酋阿布扎比的星空下。

《星空》创作片羽：

那是一个多么美好的晚上哦！我身处广袤的大沙漠。一场富有异国情调的舞会刚刚结束，刚才熊熊燃烧着的篝火尚未熄灭，夜空中仍飘弥着阿拉伯热情的乐韵，当我兴奋的情绪刚平复下来，便开始注意到我们头顶的那片天空，此时正繁星密布，每一颗都是那么的晶莹，那么的灿烂，在那深邃而又湛蓝的天幕上，闪烁着宝石般的光辉。面对着这迷人的星空，我忽然想起天人合一的传说，想起那些与人间密切相联的星宿。相传那些有出息的名人，都是星宿下凡，在天上都有一颗属于自己的星星，当这人事业兴旺之际，天河上星光璀璨，而当此人离世时，空中即巨星陨落。然而，随着空间技术的发展，人们能够登上月球，发现上面并没有桂树，也没有粗鲁的吴刚和寂寞的嫦娥。现代技术揭开了古代传说的面纱，现在真相信人是天上星宿的恐怕不多。然而从精神层面上，我还是希望我们在天空中都有一颗属于自己的星，她澄澈、明亮，她应该成为人理想的追求和心灵的栖所，她将如钻石般辉耀，映照着我们的前程。在阿布扎比的星空下，我的思绪如云，当晚便写下了这首诗。次日进早餐时，我把这诗抄写在餐厅的便笺上，与同行的朋友分享。

拍摄日出

在那东方破晓的时刻，
我用镜头对着远山浮动的天空，
静静地等候着你的升起。

渐渐地，你的光穿透了云层，
把迷蒙的天幕染成了片片霞彩，
你终于在云霓中露出了含羞的脸。

我兴奋地启动了快门，
摄下了，摄下了你那绚烂的笑靥。
哦，我祈盼的不仅仅是一张靓照，
我更在乎这一份被朝阳点亮了的心情……

2011年11月19日晨写于曙光初照的窗前。

《拍摄日出》创作片羽：

我是个摄影爱好者，还是省摄影协会的会员。假日有时也会和影友们一起到野外去采风。在我的摄影活动中，曾有过多次拍摄日出的经历。我曾从黄山的客舍中，清晨4时多就爬起来，穿上御寒的衣服，背着照相机，到清凉台上去静候那太阳的升起。我也曾在周末下班后，乘夜车赶赴桂林，凌晨到达兴坪，从那里乘船开往漓江深处。天还蒙蒙亮时，我就在河滩上摆好了脚架，把镜头对准了那东面山后那太阳将要升起的地方。为了拍摄海上的日出，我还到过广东阳西的海边，晚上住在渔民的房子里，次日早上天还未放亮就起来，跑到海边去。

拍摄日出，等待时的心情是不平静的，当我把脚架摆上，装好相机，调好快门。眼睛就一直专注地看着东方的上空。太阳出来前，常常是天色欲曙，彩霞飘飞。当太阳快要探出头来时，常以其万道金光，穿透云层，像是向那些勤快的早来人，致以热烈的问候。太阳真要出来了，那是最让人兴奋的，那红印似的太阳从云霓中露出脸庞，先是个半圆，继而又整个地跃出云海，以其光焰，照耀着海洋、大地、平原和山川。每当此时，我总是激动地按下快门，把太阳连同她放射的万丈光芒都摄进了镜头里。当太阳升高，云霓弥散后，我便收起了器材，带着那份拍摄日出时被朝阳燃点起的心情，又踏上了一段新的愉快旅途。

说来也奇怪，那些历经一次次长途跋涉拍回来的日出图，我却很少去翻阅，更少把它冲印成照片。其实我在拍摄日出中，更看重的还不是去获得一张靓照，而是摄影过程中给人带来的愉悦。由于有此感想，于是在一个周末的早晨，当我忽然想起拍摄日出时，便随手在餐桌上写下了这首短诗。

远山的云霓

这里有世上最高峻的山峰，
这里有人间最靓丽的殿堂。
这里有天空最洁白的云彩，
这里有河流最纯净的清泉。
这里是你我心灵的栖所，
这里是祖国的边疆美丽的西藏。

玛尼堆

在走进藏乡的沿途，
我看到了很多用石头垒起的玛尼堆。
这是藏族人民用心砌成的佳作，
放上一颗石头就代表祈求一个愿望。

玛尼堆堆在山岗、堆在路旁，
堆在迎接远方客人的路上。
高原上的石头是多么质朴，
每一颗都折射出藏家儿女的祈盼与梦想……

经幡

在五千米高的米拉山口，
藏族兄弟为我挂起了五彩经幡。
我虔诚地写上了美好的祝愿：
“祖国吉祥、亲人安康”。

高原的阳光把经文照得透亮，
彩色的梦想飞向那美丽的蓝天。
强劲的罡风把经幡吹得不停地颤动，
——这就是我那颗热烈而又永不竭止的心。

卓玛

你不再生活在炊烟袅袅的农舍，
也不再劳作在绿草如茵的牧场。
你穿戴着民族的盛装，
工作在现代宾馆的殿堂。

你不再手提着挤奶的铁桶，
但做事却依然凝神专注。
你不再在草原上放牧，
但待人的目光依然清澈纯良。

你毕业于旅游学校，
做好服务员是你的理想。
每一个斟茶递水的姿态，
都透出了你真诚的愿望。

那晚宾馆的茶室早已打烊，
但你依然不动声色地为我们泡茶。
假如让我评价你的服务，
我要说：纯洁的心灵就是最高的质量。

烈士塔

在清丽的尼洋河畔，
屹立着一座像天坛一样的烈士塔。
这里长眠着为藏乡献身的忠魂，
这里记录着人类历史一页壮丽的篇章。

当年为修筑那条通往西藏的天路，
每公里就倒下一名战士。
为了祖国的和平与安宁，
千万个优秀儿女献出了生命的能量。

是他们用流淌的热血，
铺成了这条幸福的坦途。
是他们把圣洁的灵魂，
化成高原温润的甘霖。
是他们让这片古老的大地焕发出生机，
是他们让千年的奴隶获得了翻身解放。

静静的尼洋河在不停地流淌，
水面上泛着明亮的银光。
那一定是烈士的英灵在闪耀，
庇佑着祖国繁荣、人民安康……

小白杨

在边疆的军营，
我看到了歌中赞美的小白杨。
他来自秀丽的江南水乡，
却在干旱的西部成长。

他褪却了满脸的稚气，
每天负重长跑训练数公里。
他克服了高原反应，
把自己从嫩叶变成栋梁。

在这绿色的军营，
有点胆怯的他学会了打炮。
在这千里边防线上，
有点贪睡的他懂得了为祖国日夜站岗。

瘦小的身躯变得伟岸，
稚气的脸庞透出了坚强。
祖国的阳光、西部的雨雪，
哺育着小白杨茁壮成长。

在浓密的树荫下，
他每天都写下士兵日记。
那天他还用军线给家乡挂了个电话：
请祖国和亲人放心，
有这一颗颗小白杨，
祖国的西部就有了一道坚固的屏障！

2010年7月16日从西藏回穗翌日上午写于广州茶楼。

《远山的云霓》创作片羽：

祖国的边疆西藏是我向往的地方，每每提及总有一种圣洁而神秘的感觉，过去这种印象只来源于书本、影像和传说。那一年的夏日我终于有了一个慰问边防战士的机会，得以走进西藏，走进这个令人诗情迸发的地方。

诗的题目是事前拟好的，在我的想象中，西藏的天空应是深邃而广阔，那里一定有高峻的山峰，在连绵的山峦之上，一定飘动着梦幻般的云霓，而每片云霓都应是一首美妙的诗篇。果然，我们从林芝机场下来，乘车进入藏乡，就像走进了一片诗的境界。

首先我们一路上看到了许多用石头垒起的玛尼堆，它们堆放在山口、路旁和拐弯处，一堆接一堆，一直向前延伸，成为了行人的指引；玛尼石上还刻有经文和吉祥的图案，每一块石头都代表着藏族群众的一个心愿，他们用这原始的方式既为自己也为行人祈福。透过这一块块普普通通的石头，我着实感到藏家儿女的善良，仿佛触摸到他们对美好生活的祈盼与梦想。于是在西藏我想写的第一首诗就是这玛尼堆。

经幡也是我们在西藏随处可见的吉祥之物，她又叫风马旗，旗帜五彩缤纷，旗面印满经文，随风飘动并发出连绵的声响，代表着祈福者不停地念经颂文。这些经幡被挂在路边、挂在树上、挂在山间、挂在建筑物上、挂在几乎所有行人都能见到的地方。一串串的旗帜在大地与苍穹之间摇曳飘荡，成为了藏族聚居区的一道独特的风景线。当我从林芝乘车到拉萨，途经海拔5000米高的米拉山口时，我下车走向了那片在蓝天下热烈地飘动着的经幡，友善的藏族兄弟递给我一片艳丽的经幡，我虔诚地在上面写上“祖国吉祥、亲人安康”，然后挂上长绳，让她和连串的旗帜一起为祖国和亲人祈福。事隔两年多了，历经风雨，我挂的经幡不知是否还在那远山飘扬？然而，可以确知的是我对祖国和亲人的爱，依然在我心灵的高处收藏。

卓玛藏语意为仙女，在藏族聚居区真有许多像仙女般纯洁美好的姑娘。在我们下榻的宾馆就遇到这么一位小卓玛，她年方二十，毕业于旅游学校，既有现代知识，品格中又保留了传统的真诚与纯良。那天晚上我们在宾馆的茶室中品茶，畅谈着在西藏的见闻，不经意间茶室早已打烊，然而小卓玛依然不动声色地照样热情为我们泡茶，直至我们尽兴散席。事后我真后悔自己的大意而担误了小卓玛的休息，便决计要为这小姑娘写上一首赞美的诗歌。

在林芝有一条清丽的尼洋河，河上屹立着一座庄严的烈士塔。它是纪念为西藏和平解放以及西藏建设献出了生命的战士而建造的。要建设一个国家的千秋伟业，就总要有人牺牲；要成就祖国的“大我”，就总要牺牲一些个人的“小我”。然而这些牺牲者是崇高的，他们生前为这片土地作出了奉献，死后仍留给我们一种精神的正能量。于是我提起笔来，深情地写下了这样的诗行：“静静的尼洋河在不停地流淌，水面上泛着明亮的银光。那一定是烈士的英灵在闪耀，庇佑着祖国的繁荣、人民的安康……”

小白杨是在干旱地区生长的一种生命力极强的树，诗歌中常用来比喻那些在艰苦的环境中守卫着国土的边防战士。这次我们到西藏，就在军营中看到几棵在边疆茁壮成长的小白杨。他们原本生长在富饶的珠江水乡，为了祖国的事业来到了青藏高原。在缺氧的环境中坚持负重训练，他们学会了射击打炮，掌握了各种军事技能，他们还努力学习，坚持每天撰写士兵日记。当我们问他们当兵苦不苦时，他们都异口同声地把这看成是对自己的磨炼。他们对眼前的使命都有一种神圣的认识，对未来都怀有一种理想和希望。我想有了这样的兵，祖国就有了一道坚固的屏障。有他们为祖国站岗，人民才能得以过上幸福而安宁的日子。在这里我向几位粤籍的战士赠送了我的散文集《如歌的旅途》，我给他们留下的是书本，而他们给我的却是精神，而这种为祖国事业而奉献的精神将如无尽的动力，推动着我继续前行。

在西藏短短几天，行程匆忙，加上有点高原反应，因此我只拍了些照片，并未即时写作。当从西藏回到广州的翌日早上，我到茶楼饮茶，与家人谈及西藏之行，终于按捺不住激动的心情，从口袋中掏出几片记事用的小纸片，在茶桌上一气呵成，写下了这篇由五首诗歌构成的组诗，回家后即打印发至《作品》编辑部，该杂志于当年的11月刊出。但愿我从远山采撷而来的这几朵云霓，能给广东文坛留下些许记忆。

篇四　长河浪花

让灵魂乘着飞翔的翅膀

——献给纯粹的革命者瞿秋白同志

翻遍了千百卷史册，
检索过五千岁春秋。
这是我阅读过的——
人类历史最从容的死亡。

这是属于你生命的最后一个早晨，
你依然像往常一样起床洗漱。
你照常为自己泡上一杯茶，点上一支烟，
仍然端坐在窗前翻读着一本唐诗。
尽管刽子手的屠刀已架到面前，
你依然淡定地写完最后的一句诗行。

在走向刑场的路上，
你像赴宴一样在草坪上用过最后一顿早餐，
像参加聚会一样唱完最后一首革命歌曲，
又像闲庭散步一样走完了最后一段路程。
在山岭下你环顾四周然后对行刑者说：此处甚好！
显然你还非常欣赏这里的风光，
对人生还怀有深情的眷恋。

其实你是完全可以免死的，
因为你的人格与才华令敌人也深为佩服。
只要你答应放弃自己的信仰，
那他们就可以体面地让你走出牢房。
然而，你要保留的不是自己的躯壳而是灵魂，
你断然地告诉敌人：请勿折断你历史的翅膀！

几声凄厉的枪声虽然带走你的身躯，
但中华大地却从此矗立起一座丰碑。
七十多年过去了，时光已渐行渐远，
如今我们仍可看到一个高洁的灵魂，
他乘着一双没有折断的翅膀，
在历史的天空中高傲地飞翔……

2011年4月4日初稿写于福建长汀。

《让灵魂乘着飞翔的翅膀》创作片羽：

瞿秋白同志就义，是我阅读过的人类历史最从容的死亡。在属于他的最后一个早晨，瞿秋白照例像往常一样起床洗漱，照例为自己泡上一杯茶，点上一支烟，然后悠闲地翻阅一本唐诗，并集句成一首七绝，用毛笔写在纸上，最后附上跋语，签上“秋白绝笔”。尽管刽子手已来到面前，瞿秋白依然平静地对他们说：“人生有小休息，也有大休息，今后我要大休息”，然后泰然地走向刑场。从囚室到行刑的罗汉岭足有两里多路，瞿秋白是从容地徒步走完的。他先走进附近的中山公园，在凉亭拍照，从我们可看到的这张遗照中，仍可真切地领略到瞿秋白昂首挺立、神态自若、视死如归的最后风采。就在这个凉亭里，瞿秋白小坐下来，临风把酒，谈笑自如。餐毕，瞿秋白又继续漫步向刑场走去，他手夹香烟，缓缓而行，沿途唱《国际歌》，呼革命口号。在罗汉岭下的一片草坪上，他盘膝而坐，然后对刽子手微笑点头：“此处甚好！”然后饮弹泣血，从容就义。

其实，瞿秋白是完全可以不死的。他作为中国共产党早期的领导人和著名文学家，其名声和才气令他的敌人也深为佩服。因此，他的敌人很想软化他，极力争取他为当时的统治者所用。当时囚禁瞿秋白的国军师长宋希濂，曾听过瞿秋白讲课，他对瞿秋白十分客气。关押瞿秋白的地方，与其说是囚室，不如说更像一个书房。它坐落在一个十分幽雅的书院里，和宋希濂的师部连在一起，也和大院的其他房子一样，并无装上防护装置。与房间相通的是一个露天的院子，瞿秋白还可在这里散步。囚禁期间，瞿秋白可看书、读报，还可以写作，伙食上也得到优待。国民党费尽苦心向瞿秋白劝降，宋希濂还以学生自称，劝其放弃自己的信念，就能重获自由。然而瞿秋白却坚定地表示：“人如果有灵魂的话，何必要这个躯壳，但是，如果没有的话，这个躯壳又有什么用？”他坚决地告诉敌人：“人爱自己的历史，更甚于鸟爱自己的翅膀，请勿撕破我的历史！”瞿秋白为了坚守信念，保持纯粹而慷慨赴死。瞿秋白倒下了，中华大地从此矗立起一座丰碑，瞿秋白的躯体消亡了，但他高洁的灵魂却永远在历史的天空中飞翔……

瞿秋白的事迹深深地感动着我，我看过许多关于他的史料，也包括宋希濂后来对囚禁瞿秋白的回忆，对瞿秋白伟大的人格极为敬佩。在瞿秋白同志牺牲76年后的一个清明节，我来到了福建长汀，参观过当年关押过瞿秋白的囚室，瞻仰过中山公园的秋白亭，并沿着烈士就义时走过的那段路线来到了罗汉岭，在瞿秋白就义的地方，我怀着虔诚的心情向纪念碑敬献了鲜花，对这位坚定纯粹而又才华横溢的革命先驱表达了深深的敬意。从罗汉岭下来，历史的风云仿佛仍在眼前飘动，那英雄浩气依然令我荡气回肠，一时思绪如云，遂成诗篇。这首《让灵魂乘着飞翔的翅膀》，在中国共产党建党九十周年之际，刊于《南方日报》，后为人民网、光明网、网易、南方网等多家著名网站转载。

红陵怀想

题记：阳春三月，木棉花又开了，那燃烧着热情的满树红花，又让我想起了陈铁军、周文雍烈士为了理想而殉道，在生命的最后时刻举行刑场上婚礼的故事……

走在静穆的墓道，
原为纪念逝去的先人。
而今这里满庭芳草，
却成了我的课堂。

她让我懂得：
那种经过生死历练的情感，
才算得上是伟大的爱；
那种能为大众带来幸福的义举，
才称得上是世上最壮丽的事业；
那种渗透着生命真情的故事，
才能得以像流水一样世代相传。

在就要结束生命的那一刻，
你俩把刑场作为礼堂，
把敌人的枪声作为结婚的礼炮，
把恐怖的屠杀作为另一次超生，
用生命和爱情一起为理想而殉道。

于是人类生命史上，
就多了一曲悲壮而又隽永的歌。
只要地球上仍留下最后一位歌手，
这首歌就会继续传唱。
每当春天般红的木棉花怒放，
人们就又能看到你俩的身影……

2010年春日写于广州红花岗畔。

《红陵怀想》创作片羽：

早就想写一首赞美陈铁军、周文雍烈士的诗。因为像他俩那样将生命与爱情一起为崇高的理想和人类的进步事业而殉道，这在历史上是前所未有的，其事迹悲壮、绚烂而又充满着浪漫的诗意。

那天我和家人一起到广州起义烈士陵园附近的一家餐厅进餐，在温馨的氛围中，我们坐在柔软的沙发上，品尝着可口的美食，感觉是多美好哦。此时此刻的我，不由自主地想起了那些为了今天的社会进步，为了人民的幸福生活而作出牺牲的革命烈士。想起了陈铁军和周文雍同志刑场上婚礼的动人故事。于是我随手在手机的屏幕上写下了这首《红陵怀想》。考虑到刑场上婚礼的故事早已为人所熟知，所以没有采用一般诗歌先叙事、后抒情的方法。而是从议论和抒情入手，写了作者对陈、周二人的英雄事迹和浪漫情怀的解读。“那种经过生死历练的感情，才算得上是伟大的爱；那种能为大众带来幸福的义举，才称得上是世上最壮丽的事业；那种渗透着生命真情的故事，才能得以像流水一样世代相传。”陈铁军和周文雍面对着敌人的屠刀，之所以能如此的从容、淡定，把杀人的刑场作为结婚的礼堂，把敌人的枪声作为结婚的礼炮，是因为他们“把恐怖的屠杀作为另一次超生，用生命和爱情一起为理想而殉道”。这是作者对刑场上的婚礼这一悲壮故事深刻思想内涵的一种独特的解读，也是对烈士精神的一种提升。

诗的结尾用了象征手法，歌颂了英雄故事的永恒与烈士精神的不灭。“每当春天殷红的木棉花怒放，人们就又能看到你俩的身影……”诗中饱含着作者对烈士深情的敬意与怀恋。

端午节随想

端午节又到了，
家家户户吃起甜美的粽子，
河面上飞腾着竞渡的龙舟，
这一切，都是为了纪念那位曾经失意的诗人。

诗人忠君，
君王却把他流放；
诗人爱国，
国人却不理解这个高洁的灵魂。

诗人是孤独的，
孤独得连他的高足也将他背弃。
诗人是痛苦的，
痛苦的是他爱国的抱负无法施展。

大丈夫无以报国毋宁死矣，
于是诗人便纵身跳入了江河。
时间最终证明了诗人的忠诚，
那爱国的诗篇更是流传久远。

啊，孤傲的诗人你或许未曾料到：
当年凄清的江面今天会如此热闹。
你听，那龙舟击起的浪花和高昂的鼓点，
每一个节拍、每一个声响都是你的知音……

2013年端午前夕写于南沙蕉门河畔。

《端午节随想》创作片羽：

端午节到了，门前的河水涨了，家家户户吃起了甜美的粽子，等待了一年的龙舟又要冲出河面，展示其龙腾虎跃的风姿。此时，我又想起了那位远逝的诗人，想起他不朽的诗篇，想起他枯朽瘦削的身影和道骨仙风般的神采，想起他永远穿着一袭白袍，在风中傲然屹立的形象，也想起人类社会发展中的一种现象——逆淘汰。

按照历史发展的规律，应是优胜劣汰，然而在运行中却有时会出现一点偏差，甚至会出现劣质淘汰优胜，坏的淘汰好的，平庸淘汰优秀，小人淘汰君子。屈原就是一个例子。屈原曾任楚国的左徒、三闾大夫，他主张章明法度、举贤任能、改革政治、联齐抗秦、提倡“美政”。在屈原的努力下，楚国的国力有所增强。然而楚怀王在决定国家前途与命运的重大决策上，无采纳屈原的意见，反而听信了上官大夫靳尚的谗言。上官大夫靳尚等人因接受了秦国的贿赂，阻止楚怀王听取忠言，并疏远了屈原。后来，楚怀王受靳尚等人的怂恿，与秦国结盟，把屈原放逐出京城。公元前278年，秦国大将白起带兵南下，攻破楚国郢都，屈原政治理想破灭，自感报国无门，只得投汨罗江自尽，以死明志，演出了一场“逆淘汰”的悲剧。

“青山遮不住，毕竟东流去”。历史的洪流终将按照其自身规律奔腾向前。楚怀王不听忠言，淘汰忠良，与秦国结盟后，被骗到秦国，成为阶下囚。最终导致京城沦陷，国家灭亡。时间证明了诗人的忠诚。尽管当年他曾被君王抛弃，但却得到了人民的最终选择而青史留名。不但他写的诗歌千古传诵，而且在民间的节日中还多了一个端午节。年年岁岁、岁岁年年，每当夏日潮涨，龙舟水起之时，人们又会呼唤起这个伟大的名字——屈原。

大象无形

——读吴冠中先生轶事想到的

您是一个妙笔生花的艺术大师，
衣着却像一个街头修雨伞的师傅；

您画出了一个丰富多彩的世界，
却依然去光顾路边的理发店；

您的画作堪称瑰宝价值连城，
却安贫乐道始终身居陋室；

您的造诣像崇山峻岭般深厚，
您的生活却似溪流一样平凡。

面对大师我顿然领悟：
丰富源于简单，
华美出自清纯，
大象隐于无形，
大音似是希声……

2010年6月27日上午写于广州茶楼。

《大象无形》创作片羽：

那是一个周日的早晨，我和家人到茶楼饮茶，边吃点心，边看报纸，忽然一条黑体字的题目令我惊异：艺术大师吴冠中先生辞世，哦，这是一颗艺坛巨星的陨落，艺术的天地将为之失色，热爱吴老画作和艺品的人将为此而动容。惋惜之余，我在报章上翻读着缅怀吴老事迹的文章，深深地为其专注于艺术，安贫乐道、简朴平凡的生活态度所感动。

联想起自己读过的吴冠中画作，那可是一个清丽脱俗而又充满着生机的世界：那里有古朴淡雅的黛瓦粉墙、有平缓流淌的水道、有在春风中飘拂的柳枝、有在民居的上空飞翔的燕子、有满树嫩红的桃花，也有穿行于小桥流水间的小船……大师以其高度的智慧，创造出令世人触目的艺术。而他的生活竟是如此的俭朴，衣着像个街头修伞的师傅，剪发也只光顾路边的理发店，终生住在简陋的房子里……这令我感悟出：大象无形、大音希声的人生哲理。在茶楼噪杂声中，我放下了报纸，在手机上写下了这首短诗。

爱就是力量

报载：年轻女士吴菊萍徒手接住了从十楼坠落的2岁女童，其重量相当于335公斤。

你不是一个举重运动员，
哪来如此巨大的力气？
你并未经过专门训练，
却能接住高空坠落的孩童。

啊，是爱创造了奇迹。

爱，没有公式可以计算，
爱，没有容器能够斗量。
爱是人类高贵的本能，
爱蕴藏着无穷的能量。

有了爱人类才可同生共长，
有了爱人间才能遇难呈祥。
有了爱世上才有醉人的芬芳，
有了爱我们就能建成人间天堂。

爱就是力量！

2011年7月16日晨读报有感写于广州寓所。

《爱就是力量》创作片羽：

周日上午，窗外下着雨，不便外出，正适宜在家闲读。我泡好了一壶茶，打开了电脑，边品茶，边浏览近日的新闻。其中“最美的妈妈”徒手接救高空坠落女童的事迹，深深地感动了我。据报道：浙江年轻的母亲吴菊萍路遇一个2岁的女童正从十楼坠落，她毫不犹豫地赶上前去，用双手奋力迎接。结果孩子获救了，而吴菊萍却双手骨折。事后有人计算过，女童从高空坠落到吴菊萍手上时的重量为335公斤。这真是令人惊叹，一个柔弱女子，哪来如此大的力气，能准确成功地接救了女童。我想除了爱的力量，别无其他解释。我想正是潜藏在吴菊萍身上的那种善良的慈爱，使其在瞬间汇聚了超凡的能量，使她突破了物理学的极限，从而创造了奇迹。“爱就是力量！”这是被网友誉为“最美妈妈”的吴菊萍让我得到的感悟。我决意要用诗将这种感悟传递给大家，于是我便写出了这首《爱就是力量》。

诗以设问作为起句，意在交代情节并引起读者的关注。接着以一行诗承接前文，点出了“爱创造了奇迹”的主题。接下来是诗人对人间博爱的理解：“爱，没有公式可以计算，爱，没有容器能够斗量，爱是人类高贵的本能，爱蕴藏着无穷的能量。”不是吗？请看，在人类救助史上，正是这种无私的博爱创造了一个个奇迹，演绎出一个个动人的故事，在汶川大地震救援中，中国空军打破了极限，从5000米高空穿过浓雾成功跳伞着陆。也同在汶川大地震中，就在房屋倒塌的一刹那，母亲用身体挡着墙体，护住了小女儿，终于使小生命得以保存……

诗歌的第四段，是对人类博爱的颂扬：“有了爱人类才可同生共长，有了爱人间才能遇难呈祥，有了爱世上才有醉人的芬芳，有了爱我们就能建成人间的天堂。”这既是对上段诗意的延伸，又是为结尾的点题而作铺垫。诗的尾句“爱就是力量！”是全诗的诗眼，也是诗主题的升华。这里借用了“知识就是力量”的句式，翻出新意。目的是借助这个人们早已熟知的名句，迅速地在读者心中留下强烈的印象。

诗写完了，雨也停了，我掩卷推开家门，走向那被雨水洗刷过的城市，顿时感到一股清新的气息扑面而来，我想我们生活在这个世界就应该是这样的美好！

你的眼睛

题记：一位圣洁的女孩，辞世前留下了遗愿，要把视角膜捐给失明的人……

你的身影已成天上的星，
你的灵魂却并没有飘远。
你的心愿已经得到实现，
你的眼睛依然看着这个美丽的世界。

你看着雄伟的高山，
看着清澈的溪流。
看着辽阔的旷野，
看着你走过的每一条路。

你看着那座曾经生活过的城市，
那里依然霓虹闪烁。
此时暖风正飘过寻常的巷陌，
你的亲友依然生活在融和的氛围里。

我相信你的灵魂依然微笑，
你水晶般的心依然充满柔情。
你的生命并没有结束，
你的精神依然在世间延续。

你的眼睛仿如明亮的北斗，
成为了我们生命的导向。
你的眼睛如同一对试金石，
时刻都在测试着我们的心灵。

冬夜，仰望着满天的繁星，
哦，此时我怎能忘记你。
正是你那宝石似的眼睛，
让这个世界充满着光明……

2012年12月2日夜写于广州寓所。

《你的眼睛》创作片羽：

一个身患绝症的女孩，辞世前留下遗嘱，要把视角膜捐给失明的人。女孩的心愿最终得到实现，她让两个终日笼罩在黑暗中的盲人重见光明。这个高尚的女孩虽然逝去，但她明亮的眼睛，依然看着这个美丽的世界。媒体报道的这则新闻令我感动，尽管多年过去了，我并未忘却这个动人的故事，我始终相信，那些高尚的灵魂并不会随着躯体的死亡而消弭，她们的精神仍会在人群中得到延续。就像那位女孩一样，我想她依然活着，不信你抬头看那漫天的繁星，她正以其宝石似的光辉给人间带来光明。在这个纯净而又令人感到温暖的冬夜，我为这位圣洁的女神，写下了这首赞美的诗。

珠江的守望

(朗诵诗)

在秋日和煦的阳光下，
我们站在这珠江的出海口眺望：
这里，风和日丽，海阔天高，
这里，铁臂高悬，千帆竞发。

这里是珠江三角洲的几何中心，
是南中国经济一个新的增长点，
是正在建设中的现代化滨海新城，
这里就是正在迅速成长的广州南沙。

风说：你是一片生机勃勃的芭蕉叶，
在世纪的春潮中涌起了绿色的波涛；
浪说：你是一曲激情澎湃的乐章，
在中华民族复兴的伟业中奏响了时代的强音；
海说：你是一个梦，
是一个闪烁着蔚蓝色理想的强国之梦……

翻开尘封的史册：
南沙的江面上，有当年林则徐为抵御强虏而布下的“金锁铜关”，
南沙的沃土里，掩埋着在鸦片战争硝烟中英勇捐躯的爱国忠魂。
当中国守军从大角山炮台上打响反侵略战争的第一炮，
当他们终因弹尽粮绝而被迫投井殉国的那悲壮的一刻，
我们这些忠魂义士是多么希望自己的国家能够重新强大，人民能富足安康，
从此，在南沙的大地上，就有了一个百年的期盼、一个珠江的守望。

如流的岁月，把时光推到21世纪那第一个明媚的春天，
广州市委、市政府作出了开发南沙的战略决策。
清新的风，舒展开一幅新南沙的壮丽画卷；
嘹亮的歌，唱响了向南沙进军的雄壮进行曲。

我们胸有成竹的总指挥来了，
我们意气风发的建设者来了，
我们雄心勃勃的投资者来了。
于是，在南沙528平方公里广袤的土地上；
一座座大桥开始跨过那沉寂的江面，
一条条道路从此连接起四面八方，
一栋栋厂房像雨后春笋般拔地而起，
一座座万吨级的码头向着蓝天举起巨大的臂膀。

——汽车、钢铁、造船、重工、化工、电子和现代物流构成临港产业的八大基地；
——日本的丰田、JFE、三菱重工，美国的通用，德国的巴斯夫，瑞士的龙沙，中国的船舶、东方电气等大批知名企业，在南沙盖上了亮丽的印章；
——南沙大酒店、世贸中心大厦、资讯科技园、南沙社区文体中心、南沙中心医院、南沙商业城等大批新建筑，搭起了新城市的骨架……

还记得，在南沙大开发一个细雨润物的春夜，
我从正在建设的广州丰田汽车城走过。
那方圆四平方公里的土地，二十六家企业同时兴建，
工地上，人如潮涌，光如白昼。
此时，我仿佛看到了一片春林正在南沙的沃土中萌动，
此刻，我分明听到了这片林子里传出的竹子那清脆的拔节声。

啊，多少个日日夜夜，多少个分分秒秒，
我们创造了一年半建成汽车工业城的南沙速度；
啊，多少个冬去春来，多少个寒来暑往，
我们形成了“勇立潮头、艰苦奋斗、科学高效、敢于跨越”的南沙精神。

我们不会忘记，桥梁合龙时，建筑工人挥汗如雨接好最后一道钢梁的欢笑；
我们不会忘记，在引进大项目中，完成最后一轮谈判时成功的喜悦；
我们不会忘记，我们的总指挥蹲在泥泞地上与建设者一起研究蓝图的模样；
我们不会忘记，霍英东先生开发南沙的热忱和他亲临工地的身影；
我们更不会忘记，中央、省、市领导对南沙开发的指导和关怀……

有耕耘就有收获，
2006年的金秋十月，温家宝总理亲临南沙视察。
他健步走进了广州丰田汽车厂，走进了广汽丰田发动机公司，走进了海瑞克盾构机工场，走进了通用塑料的车间……
看到这宽敞的厂房、先进的设备、优质的产品，温总理的脸上始终洋溢着欣慰的笑容。
这笑容，蕴含着共和国总理对南沙的赞扬和肯定，
这笑容，寄托着党和国家对南沙的期盼与希望。

珠江奔腾，南海浩瀚，
海潮澎湃，涛声激昂。
面向未来，我们南沙人正思考着：
如何把珠江的细雨随心翻成巨浪，
又怎样把龙穴岛上的青山着意化为桥梁。
历史终将见证：
我们南沙江面开出的巨轮将驶向世界的远方，
我们南沙的天空将挽着祖国最绚丽的一段彩虹。
那是我们南沙人美丽的憧憬，
那是珠江最终的守望……

2007年11月11日凌晨写于珠江岸边。

《珠江的守望》创作片羽：

2007年的秋天，广州南沙大开发已进入了第六个年头了，此时的南沙到处呈现出一派蓬勃发展的新气象。一座座大桥开始跨过沉寂的江面，一条条道路从此通往四面八方，一栋栋厂房如雨后春笋般拔地而起，一座座新建的码头向着蓝天举起了巨大的臂膀……珠江三角洲的一个新的经济增长点和一座宜业宜居的滨海生态新城正在崛起。

我是南沙开发的参与者，见证了南沙发展的这段历程。我曾参加过建设指挥部的每一个会议，讨论过每一项建设的布局与安排。也曾参与过广汽丰田等一批重大项目的引进工作，亲历过一个个现代化的大工厂，从打桩、建设、设备安装、成品生产的全过程。哦，真难忘，在那些轰轰烈烈搞建设的日日夜夜，为了谈成一个重型装备的引进项目，我们对着合同条款逐条洽商，在“五一”节的前夜我们谈判一直坚持到深夜两点。为了把丰田及其汽配行业整体引进南沙，我们远涉日本，向丰田的配套商逐家推介，然后又整体引进、在南沙一次连片建成了占地4平方公里的汽车城。南沙开发建设的火热生活引发了我的诗情。还记得，在2005年的一个春夜，我走进了广州丰田汽车城的工地，见到在连片的土地上，26家企业同时兴建，那场面真是令人兴奋，于是一行带着对眼前这火热的建设生活感受的诗句便闪现在脑际：“此时，我仿佛看到一片春林正在南沙的沃土中萌动，此刻，我分明听到了这片林子里传出的竹子那清脆的拔节声。”

南沙是鸦片战争的古战场，中国的近代史由此发端，在这个铭刻着落后就要挨打教训，同时又是记录着中国人民不屈不挠反侵略精神的地方，今天人们正在进行着现代化的建设，正在为中华民族的复兴奏响了新的乐章，意义非同寻常，为此我决定写一首朗诵诗，以弘扬南沙开发建设的意义，表达南沙建设者们为民族复兴伟业而努力工作的愿望和理想。恰逢南沙开发区为纪念开发建设五周年要举办一个演出活动，节目中需要一首主题朗诵诗，于是我便创作了这首《珠江的守望》。

诗歌从珠江口海阔天高千帆竞发的环境写起，回忆了这片土地深沉的历史，林则徐曾在这里布下“金锁铜关”，中国守军在这里打响了抵抗英帝国主义入侵的第一炮，当他们终因弹尽粮绝而被迫投井殉国的那一刻，是多么希望自己国家强大，人民富足安康，这就是南沙人百年的期盼、珠江的守望。诗歌点题后接着写了南沙开发的决策，写了气势磅礴的开发建设景象，写了桥梁合龙时工人的欢笑，写了完成大项目引进谈判时的喜悦，写了总指挥蹲在泥泞地上研究蓝图的模样，写了霍英东先生亲临工地的身影，写了共和国总理走进南沙的情景……诗歌最后以展示南沙未来的理想而作结：“我们南沙江面开出的巨轮将驶向世界的远方，我们南沙的天空将挽着祖国最绚丽的一段彩虹。”

节目演出的当天，舞台就设在珠江口的观海平台。著名话剧演员王虹、柏崇新、刘晓翠、郭东文在秋日和煦的阳光下，面朝着奔腾的江水，朗诵着这首关于珠江的诗篇，感情丰富而真挚，台下观众一时鸦雀无声。随后这节目被拍成电视片，在广州电视台播出。时过多年，仍不断有人在各种演出活动中，朗诵这首诗。

篇五　生活素描

燃起您生日的蜡烛

让我用炽热的诗情，
点燃您生日的蜡烛。
我要把真诚的祝福，
融化在和暖的烛光里。
这烛光是我友爱的火苗，
这烛光是我温热的心。
还是悄悄地把它吹熄吧，
我要把美好的情意弥散在无形中……

2010年12月27日写于羊城冬夜。

《燃起您生日的蜡烛》创作片羽：

生日是生命诞生的纪念日，是一个值得庆贺的日子。庆贺生日有不同的形式与方法。在我国小孩子过生日，母亲会为其煮一个鸡蛋，然后染上红色给孩子吃。中老年人过生日，吃长长的面条，象征长寿；在墨西哥，过生日那天，祝寿的人半夜就来把寿星叫起，以图吉利；在芬兰，母亲会为过生日的孩子在房间里摆好一张桌子，上面放着蛋糕、礼物和鲜花，待到孩子生日的那天早晨，全家人聚在一起，用歌声把孩子唤起……

在我们的日常生活中，也常常会遇到亲友、同事过生日，此时人们会送去贺卡，发条信息。有的也会送上蛋糕以示祝贺，隆重一些的会约上几位好友，聚聚餐，搞个生日派对。这天我的一位朋友生日，我们是君子之交，无以为赠，于是我便写了这首诗权作贺礼，但愿朋友的生日能因为我的祝福而充满诗意。

喜糖

沉浸在喜悦中的新娘，
送来了甜蜜的喜糖。
那漂亮的包装，
染上新娘泛着红晕的光芒。

此时我仿佛看到，
晨光中颔首微笑的并蒂莲。
我似乎还看到，
秋林中带着醉意的红果。

哦，美丽的新娘，
你是不愿将这幸福的感觉独享。
透过这小小的糖果，
你向亲友传递着生活的芬芳……

2011年10月26日夜写于广州寓所灯下。

《喜糖》创作片羽：

文静而有点腼腆的小聂结婚了，新娘子给同事们送来了喜糖，当我接到这喜糖时，既为小聂迈上了人生的一个新台阶而感到由衷的高兴，又唤起了自己对生活的甜蜜感觉。新婚派糖着实是一个很好的习俗，它既向人们传递了婚姻的信息，又散发着生活的芳香。于是我有感而发写下了这首短诗并用手机信息发给了小聂，权当对新娘的贺礼。小聂即回复说很喜欢这首诗，要将此诗放进她结婚的短片中珍藏起来。由此我更感到诗在传递人们情谊方面的意义。

现代社会不缺物质，缺的是人们的友善与温情。倘若我们都能与人为善，为别人的美好而祝福，相信我们的世界一定能变得更加美好，我们的生活也会变得更加甜蜜而富有诗意！

记忆的幽香

岁月的风雨，
冲淡了对世事的印象。
走过的路径，
已日渐变得依稀迷蒙。
而当我从远方辗转归来，
尽管人生的册页已写满了诗行。
我仍记得你曾住过的那条小巷，
记得那窄窄的楼道、小小的书房。
记得你的书桌面向着晴窗，
那时窗台上的茉莉花正在开放。

啊，那栋古朴的老房子还在吗?
可知道，当年的鲜花仍在我的记忆里散发着幽香……

2011年11月13日午后途经羊城旧巷偶感。

《记忆的幽香》创作片羽：

相信每个人的生命中大都经历过一些美好的事情，当它一但被灵感所激发，便会成为美好的诗篇。

周日的午后，我途经羊城老城区，阳光透过浓密的树冠，在古旧的街道上留下了点点温暖的光斑。来到一条小巷前，看着上面挂着的铭牌，我猛然想起这不是少年时我的一位同学居住过的地方吗？还记得那时候小同学在一起课余学习的情景，还记得我们真纯朴实的情谊。

我们那个年代同学间的课外交流是比较多的，大概是因为那个时候学校的校舍不足，或是那时的教育更强调培养互相帮助的集体主义精神，因而每个星期学校都会安排一到两节课的时间要学生“落小组”，也就是几位住在附近的同学到其中一个同学家组成学习小组，大家一起做作业，一起讨论问题。这样，那同学并不算宽敞的家，便成了我们课外学习的场所，甚至成了一起活动游戏的天堂。在这里我们互相学习，交流学习心得，有时也高谈阔论，畅谈着人生远大的理想。随着时光流逝，许多事情早已物是人非了，或许我的那位同学早已乔迁新居了，或许“落小组”这种形式早已在当今的现代教育中被人遗忘。但我的记忆中却始终保持着当年的一份纯真的暖意。直至数十年后，偶然经过那条小巷，仍能触发起我记忆中的幽香。

蓝天上的温暖

我生日那天乘坐你的航班，
在机舱里得到真诚的祝福。
这祝福就像一股脉脉暖流，
在航线上传递着人间的温情。

此时原本陌生的脸变得熟悉，
遥远的相隔由此而被拉近。
久已尘封的心得以开敞，
开始冰冷的人情得到温热。

直至我走下舷梯，回望蓝天，
白云飘处仍留下那一丝温暖……

2011年11月15日写于广州寓所。

《蓝天上的温暖》创作片羽：

这是一个真实的故事。

这一年的生日我是在公务出差的途中度过的。那天早晨，我带着行囊，匆匆赶上了班机。落座后，端庄而又甜美的空姐来到我的座位前，热情地祝我生日快乐！顿时我的心中感到了一阵温热，我想连自己都差点忘了的生日，居然在这旅途上被人提起，于是眼前原本陌生的脸庞一下变得熟悉了起来，周围冰硬的机舱仿佛变得温软。空姐告诉我，她们是从航班登记资料中得到我生日信息的，向乘客祝贺生日这是她们航空公司的一项服务。

我想在商业竞争日趋激烈的今天，各企业都会推出一些新的服务举措，但还是这种富有人情味的做法更能打动人心，并有助于在社会上营造一种友善博爱的气氛。有机会我真想再去乘坐一次那家公司的班机，去享受那蓝天上的温暖。

胸前的彩云

似绮丽的云彩，
飘动在你的胸前。
如澄明的湖水，
荡漾在你的心间。
你系的岂是一条小小的丝巾？
那分明是你姣美的容颜，
是你绰约的风姿，
是你闪动着生命光芒的神韵，
是你云霓般靓丽而又不曾消逝的青春……

2011年3月12日写于羊城荡漾的春风里。

《胸前的彩云》创作片羽：

三月是春光明媚、绿意盎然的季节，也是新时代的女性英姿飒爽、青春飞扬的时候。此时那些穿戴入时的女性，大多在脖子上系上一条彩色的丝巾，这些彩巾鲜艳亮丽，赤橙黄绿青蓝紫，在和煦的柔风吹拂下，仿如一片飘动在女性胸前的云彩，使她们更显得朝气蓬勃，妩媚动人。

我很喜欢这些彩巾，出差时我也买过几条回家送给妻子，妻虽有了点年岁，但戴上了这彩巾，依然神采飞扬，仍可让我感到她昔日靓丽的青春。哦，这方灵动飘飞的彩巾，难道不正是现代丽人积极乐观、充满理想和活力的精神写照吗？在这一年的三八妇女节期间，我写下了这首短诗，作为对现代中年女性的精神礼赞。

梦回故乡

多少个月明星稀的晚上，
我的思绪像空气一样弥漫滋长。
飘荡的灵魂仿佛又回到那片熟悉的热土，
回到那片连接着我血脉的故乡。

我回到故乡那片翠绿的田野，
回到村子里那间简陋的瓦房。
我梦见那条曾经淌水的小河，
梦见那棵爷爷种下的凤尾竹。
我梦见祖母从灶头给我捧出的热菜，
梦见家中那条老远就跑来接我的小狗……

可惜家乡我不能时时回去，
只等待清明时节，
再将鲜花送到祖父，祖母的坟头。

2010年10月10日写于广州绿窗斋。

《梦回故乡》创作片羽：

热爱故乡，是人们千百年来积淀起来的一种纯朴的感情。张九龄有诗曰："悠悠天宇旷，切切故乡情"。故乡在诗人的笔下总是那么的美好："露从今夜白，月是故乡明"，"万水千山走遍，还是故乡好"。游子在外，每逢明月高照，便难免于对故乡的思念，对此最好的诠释，莫过于李白的《静夜思》："床前明月光，凝是地上霜。举头望明月，低头思故乡。"当遇上叶落悲秋时，也易于让人感到远离故乡的孤独，马戴的诗："落叶他乡树，寒灯独夜人"就是这种心绪的写照。王维也写过这样一首关于故乡的诗："君自故乡来，应知故乡事，来日绮窗前，寒梅着花未。"表现了诗人对故乡一草一木的关切。

我的故乡距离我生活的城市不算太远，因此小时候祖母常常带我回到故乡小住。上学后每年的暑假，我都会回到故乡玩。哦，那可是一个辽阔而又自由的天地。还记得我和小伙伴们一起，在小河涌的两头用泥巴砌成水墙，截出一段涌道，然后用木斗把水淘干，在涌里一条条地抓鱼；还记得在村前的草坪上，放飞自己用竹枝作骨架，糊上纸片制作的风筝，那时牵着那飘飞的风筝，一放就是半天，不知有多开心。我永远不会忘记家乡那绿油油的田野，不会忘记先辈留下的那间简陋的砖瓦屋，不会忘记爷爷在田头种下的那棵凤尾竹，不会忘记祖母从灶头给我捧出的热菜……

在秋天一个月明星稀的晚上，我忽然想起了故乡，想起了儿时的往事，思绪如云，浮想联翩，一种经过长时间累积起来的对故乡的感情，如同打开了瓶盖的醇酒般浓烈醉人，此时在一种发自心灵深处的冲动支配下，我写出了这首《梦回故乡》。

晚餐随笔

在老城一家雅致的西餐厅，
我独自享用着美味的晚餐。
暗淡的格调使这里更显宁静，
橘黄的灯火弥漫着醉人的暖意。

桌上的牛扒使我想起了远行的日子，
面前的水杯让我想起了山间的清流，
身旁的玫瑰使我联想到路畔的鲜花，
飘弥的乐韵让我忆起旅途上的笑声。

乐曲有高昂也有舒缓，
人生有繁闹也有冷清。
只要心灵之湖不枯竭，
即使独处也会觉得津津有味……

2010年12月5日晚写于广州绿茵阁西餐厅。

《晚餐随笔》创作片羽：

生活中处处都有诗，处处都潜藏着诗的土壤，只要你有一颗热爱生活的诗心，那处处都可触发你写诗的灵感。那天我加班后回家，到巷口时已很晚了，为了免得妻子再辛苦做饭，便自个儿到附近的一家西餐厅进餐。独自吃饭，少了交流的乐趣，但也免去了客套，可以更专注地享用可口的美食，也可留意欣赏餐厅那宁静温馨的气氛。在静谧的环境里，这里的物象，引发了我连串的浮想：桌上的牛扒使我想起了远行的日子，面前的水杯让我想起了山间的清流。瓶中的玫瑰使我联想到路畔的鲜花，飘弥的乐韵让我忆起旅途上的笑声……我想“只要心灵之湖不枯竭，即使独处也会觉得津津有味”。这首带有哲理感悟的诗，就是这样从平凡的生活片断中生发出来的。

午夜星辰

你降临在二月这个美丽的春夜，
你诞生于象征新一天起点的凌晨。
这是一个多么美妙而富有诗意的时刻：
所有的力量都在此时凝结积聚，
所有的生命都在此刻再度开始。
所有的温情都在此际浓缩聚集，
所有的爱意都在此间弥漫滋长……

宝宝啊，多幸运的宝宝，
你可知道？
浓浓的夜幕后面有亮丽的风景，
静静的夜空能喊出最悦耳的啼声。
在繁闹中开放的不一定都是艳丽的花朵，
在午夜中升起的必然是最闪亮的星辰！

2011年2月22日写于羊城春夜。

《午夜星辰》创作片羽：

早春二月的一个凌晨，又一个婴儿天使般地来到了人间，翌日，年轻的母亲用手机给同事们发来喜讯。当我读到这条短信时，即被那新生命降临带来的喜悦所感染。春夜、凌晨、午夜开放的花蕾、新生婴儿的第一声啼叫……这连串美好的意象触发了我的浮想：世界正因有了婴儿才变得生机勃发，人类正因有了婴儿才得以延续……这悄悄地降临在我们这个城市的婴孩啊，不正是一颗闪烁着生命光辉的午夜星辰么！于是我即在手机上写下了这首短诗，发给了那位年轻的母亲，既是对她的祝贺，也是对新生命的礼赞。

用诗歌作电子短信，是一种现代人交流的新形式。它既体现了现代信息快捷传递的特点，又能保留诗歌丰润的感情色彩，因而让短信更有感染力。我想，在现代生活中，我们要借助现代科技为传统文化插上飞翔的翅膀，而不是让它把思想感情的交流变得浅薄。当然，这恐怕已经不仅仅是诗的话题了！

情人节的晚上

在温婉的早春二月，
在情人节那令人迷恋的晚上。
灯火映照着双双甜蜜的身影，
夜空中飘弥着玫瑰的芳香。

哦，在这让人沉醉的时候，
小伙子依然工作在电厂的中控房。
为了守护这都市的不眠之夜，
心中的玫瑰还不知送往何方?

啊，且把这城市当作自己的情人吧，
只有热爱工作才能成就明天的辉煌……

2012年2月14日情人节之夜写于珠江河畔。

《情人节的晚上》创作片羽：

在新中国的诗人中，闻捷是我十分喜爱的一个。我喜爱他热爱事业的人生态度，喜爱他深入生活实践的创作方法，更喜爱他写的那些以反映边疆少数民族新生活为背景的诗歌。我读过闻捷充满着热情的诗集《天山牧歌》，其中有不少抒写男女青年恋爱的情诗，这些诗无不打上那个时代提倡把个人的爱情和劳动与国家建设事业结合起来的烙印。比如《葡萄成熟了》写了小伙子与姑娘们在葡萄架下逗乐的情景。小伙子拨动着三弦琴，希望能打动芳心，得到一串甜蜜的葡萄，而姑娘们却给了他们几串没熟的葡萄。小伙子咬着酸葡萄，心里却感到比糖果还甜蜜。诗中生动而充满着情趣。又如《苹果树下》抒写了在劳动中小伙子对爱情的祈盼：春天，枝头的花苞还没有开放，小伙子就盼望它早结果；夏天，果子才结得葡萄那么大，小伙子就唱着赶快去采摘；直到秋天，姑娘终于说出了那句真心话，种下的爱情已该收获。我想，闻捷的情诗之所以能打动人，是因为描写了青年人愉快的劳动和美好的爱情，因而被誉为劳动和爱情的赞歌。

在今天的情诗中，似乎与劳动疏远了。诗人多半只是抒写个人的情绪与感受，而在个人的情感表述中很少能联系到为我们的现代生活创造着物质条件的劳动。我觉得这不能不说是一种高尚情感的缺失。在早春二月的一个情人节的晚上，我身处繁华的闹市，看到满城灿烂的灯火，我想这包含着多少人的劳动成果，其中有不少的年轻人，他们向往着爱情，然而为了工作，为了守护这城市的不眠之夜，在这情人节的晚上依然坚守岗位，心中的玫瑰还不知送往何方。我想作为一个诗人，我要为他们写上一首诗篇，颂扬他们忠于职守的敬业精神，更想告诉他们，只有热爱自己的事业才能成就明天的辉煌，当然这也包括获得真正的爱情。

《情人节的晚上》创作片段

篇六　思想清流

远村的遐想

身在繁华的都市，
心却去了辽远的远村：

远村有寂静的树林，
林中有清澈的溪流。
溪边有一所清幽的木屋，
那便是我心灵向往的居所。

如果我住这里会清晨起床，
悠然地打开木制的窗棂。
呼吸弥漫着松香味的空气，
聆听从林间传出的第一声鸟鸣。

我会燃点起一堆干枯了的松枝，
让屋前升腾起轻纱似的袅袅炊烟。
炊烟撩起我如云的思绪，
于是，我捡片叶子写下一首纯美的诗篇……

2010年11月2日夜写于羊城寓所。

《远村的遐想》创作片羽：

这首诗的写作，可以说是作者的一次心灵的放逐。我们生长在繁华的都市，快节奏的工作带来的是一种快节奏的生活。每天总是忙忙碌碌，面对着各种事务的烦扰，虽然热情犹在，壮心不已，但有时也真想到大自然中去寻找一种诗意的栖居。

在一个冬日的夜晚，虽然天气寒冷，然而气温并未能冷却都市的喧嚣，五光十色的霓虹仍在街上不停地闪耀，那不知疲倦的汽车照例在路面上发出扰人的噪音。此时，我真想暂时离开一下这繁闹的城市，去辽远的地方找一个村庄住下来。于是我便张开了想象的翅膀，描绘出一幅美妙的人间仙景：寂静的森林、澄澈的溪流、清幽的木屋，我幻想着自己住在这里，清晨起床，打开木制的窗棂，呼吸着带松香味的空气，聆听林间的鸟鸣。在这里我将放下一切尘世的杂念，回归到自己诗人的本性。我会燃点起干枯的松枝，并捡片叶子写上一首纯美的诗篇……把这连串的思绪记录下来，便成了这首《远村的遐想》。

在诗中我运用了“顶真”的修辞方法，让上一句结尾的名词成为下一句的开头名词，以加强诗歌意象的连贯性，让人读来有一气呵成的感觉。

如果有爱

如果有爱，
就把她托付给那座青山，
那山苍郁，
那山丰厚；

如果有爱，
就把她托付给那池绿水，
那水清滢，
那水碧透；

如果有爱，
就把她托付给天边那片云彩，
那是一片燃烧着的流云，
她自由地飘动着，
去牵手另一片同样燃烧的云彩……

2008年10月2日写于粤北丹霞山。

《如果有爱》创作片羽：

这是一个秋日的假期，我携妻到丹霞山游玩。车出郊外，视野开阔。窗外一座座青山，一池池绿水接踵映入眼帘。这美丽的景色忽而引起了我对爱情与婚姻的思考。

在人类的发展史上，爱情无疑是一个永恒的主题。然而在现实生活中并不是每个个体的爱情和婚姻都那么美满与长久，尤其是在商品社会中，在金钱的侵蚀下，人容易变得功利与浮躁，爱情与婚姻也因此被异化了，尽管物质生活越来越丰富，而离婚率却越来越高。这究竟是人类社会的进步，还是人们精神的坠落？我想无论社会环境发生了什么变化，人类理想的婚姻还是应该以纯洁的爱情为前提，这样婚姻才能幸福和稳固。随着这连串的思考，一行行诗句便闪现在我的眼前："如果有爱，就把她托付给那座青山，那山苍郁，那山丰厚。如果有爱，就把她托付给那池绿水，那水清莹，那水碧透；如果有爱，就把她托付给天边那片云彩……"

这首诗表现了作者的爱情观，也是对人类婚姻的美好祝福。到达丹霞山宾馆后，我把这首诗写在信封面上，送给了我的妻子。一段时间后，我工作的区政府组织水乡集体婚礼。十多对新人，乘着花船，巡游过后登上婚礼台，接受村民们的祝福。组织者安排我作证婚人，并向新婚夫妇宣读贺词。我在贺词中加进了这首诗，借以表达对新婚夫妇的祝福与希望。后来，我又参加了同事小俞的婚礼，让我讲几句话，我也朗诵了这首诗，祝他们的爱情与婚姻像青山那样稳固，像绿水那样纯洁，也愿他们的生活像天边燃烧的云霞那样丰富多彩。我的诗得到共鸣，赢得了全场热烈的掌声。

午 夜

午夜于我是多么的美妙，
此时喧闹的世界已归于沉寂。
那浮躁的情绪已经平复，
心又开始享受着自然的宁静。

此刻我会播放一段抒情音乐，
在流泻的乐韵中朗诵一首诗。
我会从书架上取下一本文学经典，
重温一遍那百看不厌的动人故事。

我会点燃一盏橘黄色的灯，
写下这天对生活的感受。
我会打开电脑遨游网海，
向远方的亲友发出深情的问候。

啊，午夜是多么美好的时刻，
我真想你如夜云般在窗前凝固。
我要在温静中梳理我的思绪，
我要借纯净的夜风洗涤我的灵魂……

2012年7月26日午夜时分写于南沙蕉门河畔。

《午夜》创作片羽：

这诗是写我的一种生活状态。我长期供职于政府部门，白天是属于工作的，八小时以外也常要加班。繁忙的公务耗费了我大部分的时光，只有到了晚上，尤其是到了午夜，才是真真正正属于自己可以完全支配的。此时我放下了繁琐的事务，平缓了紧张的情绪，心又开始复归到自然。

在这美好的午夜时光，我会播放一些抒情的音乐，在那舒缓的旋律中，放松白天绷紧的心情。有时我还会在流泻的乐韵伴随下，朗诵一首抒情诗，或者不经意地浏览一本本画册。更多的时候，我会去翻阅那些百看不厌的文学经典，从中吸收我所需要的精神养分和借鉴写作的方法。我会在柔和的灯光下，写下对一天生活的感受。我还会打开电脑，通过网络，向远方的亲友发出深情的问候。

哦，午夜，于我是多么的美好，正像苏东坡："只恐夜深花睡去，故烧高烛照红妆"，也像王安石"春色恼人眠不得，月移花影上栏杆"那样，我是多么留恋这宁静的午夜！午夜啊，午夜，我多想你能在我的窗前凝固。在这温静的气氛中，我要像古之君子那样，每日三省吾身，我要清晰地梳理我的思绪，我要借助纯净的夜风洗涤我的灵魂……

向往远方

城市舒适的房舍，
留不住那颗驿动的心，
鳞次栉比的高厦，
挡不住我对远方的向往。

向往远方，
向往那墨色如黛的远山，
向往那炊烟袅袅的村落，
向往那天边的落日，
向往那边关的白杨，
向往那高原的花海，
向往那草原的牧场……

真想某一天背一个胀鼓鼓的行囊，
装满从少年时就积攒起来的梦想，
沿着那条通往天际的大道，
哼着歌儿奔向远方……

2010年5月21日晨写于蕉岭长潭客寓。

《向往远方》创作片羽：

五月的一天，我们驾着车往广东北部的一个县城驶去。那天的天气特别晴朗，车出了郊外，天高云淡，令人心旷神怡，一路上看到向着远方延伸的道路，沿途翠绿的田原，连绵起伏的青山，一切都引起我对远方的向往……

当天晚上，当地政府为我们举行了一场联欢晚会。欣赏完具有客家风情的歌舞后，回到下榻的旅馆。想到了远方这个命题，感觉特别好。于是提笔在便笺上写下了这首《向往远方》的短诗。

诗歌的起句，表达了久居城市的作者，对远方的强烈向往。接下来的一系列排比句描绘出的一幅幅美丽风景，正是作者对远方的憧憬：墨色如黛的远山、炊烟袅袅的村落、天边的落日、边关的白杨……这些难道不也是每一个旅行者所向往、所追寻的美景吗？末句："真想某一天背一个胀鼓鼓的行囊，装满从少年时就积攒起来的梦想，沿着那条通往天际的大道，哼着歌儿奔向远方"……我想，这既是作者的愿望，也是读者的愿望。如果这两者真能融合在一起，那这首诗就一定能打动人。

2010年6月25日，《广州日报》刊登了此诗。朋友看后发信息给我表示："诗展现的境界很美，到远方旅行，也请带上我！"

简单生活真好

早晨起来，我穿一件洗得发白的运动衣，
沿着河边散步。
呼吸着清新纯净的空气，
品赏那迎风飘动的柳絮，
让生命自由地沐浴在晨光里，
我的感觉真好！

晨运归来，在家喝一杯牛奶，吃两片面包，
翻开刚送来的报纸浏览一下新闻，
然后，从书架上取下一本书，
今天我阅读的是泰戈尔的《飞鸟集》，
让思绪在深邃的书海里遨游，
我的感觉真好！

午后，是我精神最饱满的时候，
在书桌上铺开稿纸，
让钢笔在与纸张的磨擦中产生灵感的火花，
今天我又写出了一首诗，题为《和风一起散步》，
想到我的作品又将再次见报，
我的感觉真好！

夜幕降临，窗外飘来油加利树叶的芳香，
我打开音响，让音乐旋律在卧室里流淌，
我的身心完全沉浸在舒坦的愉悦中。
虽然没有半点奢华，也没有多少消费，
就这样简简单单地生活，
我的感觉真好，真好！

2010年10月9日夜写于广州陋室。

《简单生活真好》创作片羽：

假日之夜，我在家翻读了一首题为《美好的一天》的诗：“多美好的一天呵！花园里干活儿。晨雾已消散，蜂鸟飞上忍冬的花瓣。世界上没有任何东西我想占为己有，也没有任何人值得我深深地怨；那身受的种种不幸我早已忘却，依然故我的思想也纵使我难堪，不再考虑身上的创痛，我挺起身来，前面是蓝色的大海，点点白帆。”这是多有感染力的诗啊。平实的句子，却向人们展示了一种简单的、朴素的、纯净的美。这首诗之所以能打动人，是因为它通过对一天生活片断的描写，营造了一种简单生活的美好境界。而这种境界正是我所追求的。我想自己是否也可以通过写一天生活，更直接，更形象地去表达简单生活的美好感觉呢，于是我便写下了这首《简单生活真好》。

诗歌写了“我”清晨在河边散步，写了“我”晨运后的读书看报，写了“我”午后的创作，写了晚上在家中欣赏音乐。我是想告诉朋友们这样的生活虽无半点奢华，也没有多少消费，却同样能使人的身心健康快乐。诗歌在每一节简单生活片断描写之后，都发出了“我的感觉真好”的感慨。我想这样有助于诗歌气氛的营造，也有助于把主题表达得更加突出、更加强烈。

心中的草原

走过那片苍穹下的广袤土地，
心中就有了一个辽阔的草原。

这草原宽广无垠，
从牧民的脚下一直延伸到天边。

这草原襟怀坦荡，
一任清风在胸前吹起万顷波浪。

这草原生机勃发，
草色刚刚泛黄绿意又再生长。

这草原豪迈奔放，
骏马奔驰是这里最壮观的景象。

这草原有时也有点悲苍，
寂寥的旷野偶有几声孤雁的鸣响。

这草原充满着生命的力量，
春天的野花终究覆盖冬日的荒凉。

我追随着那条清澈的溪流，
终于找到了自己心灵的毡房。
我要把心留驻在这里，
让它像草原一样宽阔，一样强壮！

2011年4月19日夜写于广州寓所。

《心中的草原》创作片羽：

在深圳的一个画展上，我看到了一幅画草原的版画。把草原刻画得辽阔宽广、草木茂盛、牛羊肥壮。这画拓展了我的视野，启发了我的联想。我觉得人的心胸也应像这草原那样宽广，人的心底也应像草原那样强壮。于是一首诗的主题便油然而生了。顺着这个思路，我根据自己对草原的认识，调动了脑海中对草原的印象，营造了一片心中的草原：宽广、坦荡、生机勃发、豪迈奔放，而又夹带点孤寂与苍凉。

其实这岂止是在描写草原，我分明是想通过对草原的营造，去表现一个人宽广的心胸和强大的内心世界。但愿读者能从这首诗中触摸到那片心中的草原，并能从中吸取到一点振奋的力量。

祈盼

清晨，我打开了向东的晴窗，
内心充盈着对新一天的祈盼：

我祈盼清风徐来，
有了清风人就会精神爽朗。

我祈盼投进阳光，
有了阳光人的心中就会明亮。

我祈盼鸟儿飞来，
有了鸟儿人就不会寂寞。

当我沐着清风，
浴着阳光，
听着鸟儿在歌唱，
再看看窗外蓝天上飘来朵朵白云。
这一切早已让我心满意足，
因为从这天清气朗的晨光中，
我已感到了愉悦与希望……

2010年10月14日晨写于南沙窗前。

《祈盼》创作片羽：

金秋的一天早晨，天气格外晴朗，我回到办公室打开了向东的窗子，顿时一阵清风徐来，令人感到格外清爽。环顾窗外，展现在眼前的是一派生机勃勃的景象。在我们这个正在蓬勃成长中的新区，一栋栋高楼大厦正拔地而起，一片片产业园区正在聚集而成，一条条大桥正如长虹般跨越过滔滔的江面……不远处的蕉门河，几年前两岸还只是一片滩涂，现在已修整出连片的亲水平台和长长的河畔绿道，数月前那还只是一片空旷的平地，不经意间已是吊机林立，随着铁臂的摇动，一个新城市的客厅正在这里迅速崛起！

窗前的一切令我兴奋，它让我感到了这里的每一天都蕴藏着前进的力量，每一天都充满着理想与希望，哦，面对着窗外辽阔高远的天空，看着蓝天下厚实的热土，我的内心也充盈着祈盼。我祈盼着清风、祈盼着阳光、祈盼着鸟儿、祈盼着白云、祈盼着那一切自然朴实而又蓬勃生长的事物。于是我上班前，仅用了10分钟，便一气呵成写出了这首诗。

让热爱生长热爱

我是为了热爱而来到这世界的，
为了热爱，我放弃了愤恨与仇怨。

我热爱阳光下的每一片原野，
我热爱大地上的每一栋房舍，
我热爱绿荫中的每一点光斑，
我热爱朝露里的每一叶花瓣，
我热爱田园上的每一段溪流，
我热爱世上每一个善良的人。

我要为热爱播种，育秧，施肥，松土，
我要让热爱扎根，抽芽，开花，结果。
为了热爱，我要用心点燃心，
为了热爱，我要用热爱生长热爱……

2011年6月23日写于南沙初夏的微风中。

《让热爱生长热爱》创作片羽：

早年我就很喜欢美国诗人惠特曼的诗风，他的诗，热情奔放，直抒胸臆，将自己的人生态度和思想感情，直接表达出来，豪迈直爽、具有一泻千里的气派。在形式上惠特曼也打破了传统诗歌的格律，采用了自由体，以自由的形式承载着清新的思想。惠特曼的诗风曾给中国早年的诗坛带来过很大的影响，郭沫若在自己的《晨安》一诗中，曾激情喷涌般地呼唤着：“惠特曼，太平洋一样的惠特曼”。即便是今天再翻读惠特曼的《哦，船长，我的船长》、《我听见美国在歌唱》等诗篇，我们依然能被诗中炽热的情感所打动。惠特曼著名的诗集《草叶集》，正像大地的芳草，生机勃发，永远在人世间散发着思想和诗的芳香。

《草叶集》是惠特曼一生创作的总汇，也是美国诗歌史上一座璀璨的里程碑。它的第一版是1855年出版的，距今已159年了，即便是惠特曼在中国开始流行的20世纪初至今也有百年了。当年惠特曼的诗风在今天的新诗写作中仍有借鉴作用吗?回答是肯定的。对那些在文学史上曾打动过人们心灵的佳作，创作上必有其可取之处，它的价值内核并不会随着时间而消亡。于是我尝试着运用惠特曼的诗风写上一首表现人生态度的诗。诗中我是力求以清晰的语意、丰沛的情感和直接抒情的方式，去表达对世间、对万物和对人的炽热的爱！

带不走的诗

岁月啊，像一条不息的河流，
总把许多东西带走。
它带走了绿叶，
带走了花香，
带走了我们青春的容颜，
却带不走那些真正的诗！

它带不走唐诗，
带不走宋词，
带不走元曲小令，
也带不走现代那些能与读者灵魂共鸣的诗篇。

当你在迷蒙的路上独自行走，
当你快要枯竭的心灵需要滋润，
当你在月明星稀的晚上沉醉窗前，
诗，就会像清风一样来到你身边……
。

2011年11月20日晨写于阳光映照的窗前。

《带不走的诗》创作片羽：

韶光的流逝，就像一条不停地流淌的河，会把许多宝贵的东西带走，它带走了绿叶、带走了花香，也带走了我们青春的容颜。它常令人发出许多无奈的感叹，如孔子在川上曰："逝者如斯夫。"然而，岁月可以带走万物，却至少带不走文学，带不走诗歌。

我国是一个具有深厚诗歌传统的国度，享有诗国的美誉。早在两千多年前，我国已有了第一部诗歌总集《诗经》，以后又有了《楚辞》、汉乐府诗，接着又有了魏晋南北朝时的五言诗、七言诗。到唐宋时，是我国诗歌最为辉煌的时期，涌现了大量的作品和一批杰出的诗人。李白、杜甫、白居易、陆游、辛弃疾等名字以及他们的唐诗宋词，正如银河星汉，在文学史中闪烁着永不褪色的灿烂光辉。这个时代，也是中国诗歌创作臻于成熟的时候。诚然以后继而还有元曲、小令及清代诗词，虽然在创作上不如唐宋，但中国诗歌的现实主义创作传统和浪漫主义的表现手法一直得到延续。在晚清诗坛上也涌现过一批向往光明、寻求社会变革的作品。及至现代，受新文化运动的影响，一批中国文化的先驱开始创作新诗，尽管形式上用了自由体，有的甚至不押韵，但其诗歌内核中仍然保留了中国诗歌传统中语言精练、讲究意境等特点，因此也产生了不少佳作。

在人类发展的文明史中，诗歌其实一直都在与我们同行，她承载着人类灵魂深处的欢乐与哀愁，折射着人类精神的理想与追求，体现了人们美丽的心灵和高尚的情怀。但凡受过教育的人，都一定读过诗歌，优秀诗歌中所饱含的思想精华，精神境界以及语言审美，已如同血液般渗透到我们的肌体中。在我们的现实生活中，有时确实会暂时忘却了诗，或者用一些人的话来说，就是生活中太现实太具体了，读诗会变得虚幻与缥缈，因而就不再像年少时那样痴迷于诗了。但这并不意味着诗歌已被时光带走，或许我们会有这样一种体会：少年时很喜欢诗，喜欢读诗、写诗，到了成年后面对一时纷繁的社会生活，更需理智地处理很多问题时，就会暂时把诗搁置下来，而到了生活安顿下来，此时诗又会从沉睡中醒来，成为人精神生活中的一个高尚的伴侣。

七夕

有的人靠得很近很近，
却彼此形同陌路。
有的人离得很远很远，
却相互心心相印。

有的人天天见面，
却似萍水相逢。
有的人长久分离，
却总是牵肠挂肚。

你看那牛郎织女，
纵有银河阻隔依然日夜思念。
虽然终年只有今夕相逢，
却金风玉露弥足珍贵。

人与人如单靠物质连结，
到利害关头链条就会断裂。
若彼此以高尚精神为纽带，
心与心就可连得很紧很紧。

不信，请看那道淡云缭绕的鹊桥，
牛郎织女正朝着我们会心地微笑！

2011年8月6日七夕写于羊城的夜空下。

《七夕》创作片羽：

吟咏七夕、颂扬牛郎织女真挚爱情的诗，写得最好的莫过于宋代秦观的《鹊桥仙》了。“金风玉露一相逢，便胜却人间无数。”牛郎和织女的相会显得多珍贵、多有质量啊，“两情若是长久时，又岂在朝朝暮暮”道出了爱的真谛，也曾给多少不能长相厮守的有情人带来心灵的慰藉！

这一年的七夕，当我再度吟诵起秦观这首《鹊桥仙》时，已跳出了单纯的爱情，延伸到对人类情感的思考。我想有的人天天见面，却形同陌路。有的人长久分离，却心心相印。可见人类感情的深浅，并不取决于接触时间的长短。那是由什么所决定的呢？“人与人如单靠物质连结，到利害关头链条就会断裂。若彼此以高尚精神为纽带，心与心就可连得很紧很紧。”我想不仅恋爱、婚姻如此，人与人之间的关系，其道理也莫不如是。写下这首诗正是想通过形象和诗境，把这一感悟与读者交流。

晌午

鲜花盛开的早晨已经过去，
脸庞上退却了羞涩的红霞。
火焰般的太阳已经高高升起，
不经意间已来到了人生的晌午！

啊，这是一生最辉煌的时候，
此时生命积聚了丰沛的能量。
事业兴旺如同日照中天，
前程闪耀着灿烂的光芒。

晌午过后光照便会逐渐趋淡，
再有能耐也留不住时间的流淌。
啊，趁着这生命的燃烧，豪情的激荡，
何不为这可爱的世界多发点热和光！

2012年8月2日正午写于蕉门河畔。

《晌午》创作片羽：

多年前看过一幅题为《晌午》的画作，画面上正午的阳光穿透了林子照射在庭园里，温厚而祥和，给人十分踏实舒心的感觉。多年以后，我已步入中年，那画作所营造的晌午形象，不但没有随着时间而弥散，反之其印象却越来越深刻。我想自己是把人生的历程与时光的流淌联系在一起了。

是的，人生的中年不正如同一天的晌午吗？这时人的思想已经成熟，技能已经长成，学问自成一家，风格开始展现，事业如日中天，前程一片锦绣。此时此刻，我们应该做些什么呢？是满足现状，停滞不前；是骄傲自满，不思进取？从积极的人生观来说，我想我们应该继续前行，我们应该不断创新，我们应该为人类的幸福而多做工作，我们应该在生命最旺盛的时候，为这个可爱的世界多发点热和光。这种想法在朦胧中形成后，便潜藏在自己的脑海里。

直到有一天正午，我漫步于庭园。此时阳光直射，穿透了林荫，在园内形成了一片强烈的光斑。这灿烂融和的情景，诱发了我的诗情，于是我便写下了这首短诗，以寄寓一个中年人的积极情怀。

鸟与云

鸟儿愿为一朵云，
是因为云的优雅与悠闲。
云儿愿为一只鸟，
是由于鸟的雄健与豪放。
如果两者结合在一起，
志存高远的飞鸟翱翔在飘逸的云朵里，
那蓝天上展现的意境该是多么的美妙！

2011年6月19日晨在寓所读诗有感。

《鸟与云》创作片羽：

泰戈尔是我非常喜爱的作家，我喜欢他诗文中散发出的安详与宁静，喜欢他从字里行间闪烁着的哲理光辉，更喜欢他那种对生活对人类饱含着深情的人生态度。泰戈尔的《飞鸟集》一直摆放在我书架最顺手取阅的位置上，不时都会拿来捧读。前些年我到印度，顺道去加尔各答瞻仰了泰戈尔的故居。在那座古老的大宅里，我盘桓了3个多小时。我参观了泰戈尔的书房，在那张只有60厘米长的小书桌上，他写出的诗篇竟然铺满全球，使他成为第一个获得诺贝尔文学奖的亚洲人。在泰戈尔辞世的卧室里，我背诵了他写下的美丽诗句："生如夏花之绚烂，死如秋叶之静美。"我觉得这正是泰戈尔一生完美的写照。

我之所以爱读泰戈尔的诗，是因为其中总有一种积极的情绪：她催人奋进，比如"只管走过去，不必逗留着采了花朵来保存，因为一路上花朵自会继续开放的"；她教人谦和，如"群星不怕显得像萤火那样"、"白云谦逊地站在天之一隅，晨光给它戴上霞彩"；她充满着哲理的意味，像"不是槌的打击，乃是水的载歌载舞，使鹅卵石臻于完美"。读泰戈尔的诗，在轻松愉悦中你会自然而然地平添上一种力量。真有浅显不浅薄，简约不简单的感觉。

"鸟儿愿为一朵云，云儿愿为一只鸟"是泰戈尔诗中我所最喜爱的句子之一，试着发挥一下想象，步着大师的意蕴，写出一首新的短诗。